ELEPHANT SECRET

大象的秘密

〔加〕埃里克·沃尔特斯（Eric Walters）/ 著

莫红娥 / 译

CTS 湖南文艺出版社 小博集
PUBLISHING & MEDIA HUNAN LITERATURE AND ART PUBLISHING HOUSE BOOKY KIDS

著作权合同登记号：图字18-2020-192

图书在版编目（CIP）数据

　　大象的秘密 /（加）埃里克·沃尔特斯
（Eric Walters）著；莫红娥译. --长沙：湖南文艺出
版社，2021.1（2023.3重印）
　　书名原文：ELEPHANT SECRET
　　ISBN 978-7-5404-9935-8

　　Ⅰ. ①大… Ⅱ. ①埃… ②莫… Ⅲ. ①幻想小说—加
拿大—现代 Ⅳ. ①I711.45

中国版本图书馆CIP数据核字（2020）第237787号

上架建议：畅销·儿童文学

DAXIANG DE MIMI
大象的秘密

作　　者：〔加〕埃里克·沃尔特斯（Eric Walters）
译　　者：莫红娥
出 版 人：陈新文
责任编辑：匡杨乐
策划编辑：何　淼
特约编辑：张丽霞
营销支持：付　佳　余孟玲
版权支持：刘子一
封面设计：霍雨佳
插图绘制：刘　泽
版式排版：金锋工作室
出　　版：湖南文艺出版社
　　　　　（长沙市雨花区东二环一段508号　邮编：410014）
网　　址：www.hnwy.net
印　　刷：三河市中晟雅豪印务有限公司
经　　销：新华书店
开　　本：875 mm×1230 mm　1/32
字　　数：183千字
印　　张：10.5
版　　次：2021年1月第1版
印　　次：2023年3月第2次印刷
书　　号：ISBN 978-7-5404-9935-8
定　　价：35.00元

若有质量问题，请致电质量监督电话：010-59096394
团购电话：010-59320018

1

我仰面躺在橡皮筏上。阳光暖暖地洒在身上，皮筏轻轻地随波摇荡，让人不由得睡眼蒙眬。头顶上是万里晴空，气温在 26 摄氏度以上。我把两只胳膊垂进水中，感到一阵舒适凉爽，它们酸痛难忍，正需要抚慰。让我感到难受的岂止是胳膊，拖拉机早就坏了，不过，我还是给大象投了足够的干草……说实话，那可是一群大象呢。

虽然我希望拖拉机明天能被修好，但谁也不敢打包票，而且就算修好了，也保不齐开个一两周，它就又发生什么故障。我们经营这个地方所需要的一切似乎靠管道胶带绑着、打包钢丝捆着、希望撑着才没有散架。有时候好像仅剩希望撑着，有时候连希望也很渺茫。但是有什么好抱怨的呢？我们的日子已经好多了，毕竟，我们有了——

我感觉有什么东西蹭了一下我的左手，又紧紧地抓住了我的左臂。

"啊，不要！"我倒吸了一口气。

我从橡皮筏上被拽了下来，接着被整个拖进水中，无法逃脱，也无力反抗，只能往下沉。我屏住呼吸，睁大双眼，发现浑浊的水中，一只黑漆漆的大眼睛在不远处正目光炯炯地看着我。这个让我措手不及又无法招架的家伙把我拖入水中后又迅速推着我，将我举出水面、抛向空中。

"你这个大傻——"我尖叫着，旋即又扑通一声掉进水中，沉入水下。

我三下两下浮出水面，却听到老爸在哈哈大笑。他站在水塘边，笑得前仰后合，脑袋恨不得贴到大腿上。在他身边，几头大象正慢悠悠地踏进水中，有的半个身子已经浸在了水塘里。

"你开心就好！"我一边踩水一边朝他大叫，伸手拿回了漂在水面上的湿漉漉的棒球帽，顺手戴在了脑袋上。

"捣鬼的不止我，萨曼莎。"老爸还在笑个不停。只有他叫我萨曼莎，别人都叫我萨慕①。我表面上装作不高兴，其实，

_____

① 萨慕（Sam）是萨曼莎（Samantha）的昵称，下文中的萨米（Sammy）也是如此。

心里是有些喜欢这个名字的。"你知道吗？虽然大象没有笑出声，但没准他们也觉得很好笑。"

在我身边不远处，一只象鼻的鼻尖露出了水面，是那个肇事者的出气孔。我认得那只鼻子，就算没有看到那只鼻子，我也知道是谁干的，肯定是拉亚。就算大象没有笑，我也知道这头大象尤其喜欢搞恶作剧。

象鼻慢慢地从水中伸了出来，接着是凸起的前额和一对棕色的大眼睛。可不就是拉亚吗？他稍微扭了扭脑袋，我敢发誓他在对我挤眉弄眼。他重又潜入水中，象鼻也不见了。我看到水面荡起层层涟漪，我知道即将发生什么，却仍然束手无策。

拉亚钻到我的胯下，挤进我的双腿之间，一下子把我拱了起来。我俯下身，一把抓住他，平衡好身体，然后稳稳地骑在了他的背上。拉亚划着水向岸边游去，直到他四条腿触到塘底时，我感觉到他的行动方式有所改变。他驮着我一起一伏地走到浅水区，停下了。

"你就这么停在这儿了？"我问他，"就不能把我驮到岸上去吗？"

他没回答，也没有动。我俯下身子，在他的左耳朵后面使劲挠了一把。那是他的特殊区域，他最喜欢我挠那儿了。大象不会哈哈笑，也不会像猫一样喵呜叫，如果能的话，拉

4

亚早就喵呜喵呜地叫个不停了。

"你老这么纵容他，只会让他变本加厉，萨曼莎。"老爸提醒我。

"杰克，你是在说我，还是在说拉亚？"

"你叫我杰克？"

"对呀，如果你叫我萨曼莎，我就叫你杰克。"

"我会一直叫你萨曼莎的，所以，你打算叫我什么？得想好了。我更喜欢你叫我爸爸，爸比，老爸，或者杰哥。"

"杰哥？"

"我作为说唱歌手的名字。"

我忍不住扑哧一声笑了。"我觉得你跟说唱歌手八竿子都打不着。"

"是吗？把你的棒球帽扔过来。"他说。

"什么？"

"你的棒球帽——嗯，就是你脑袋上顶着的那玩意儿。"

我有些迟疑。

"少戴一会儿又不会要了你的小命。"

我摘下棒球帽扔给他。他接住后戴在了自己的脑袋上——还反着戴。"看，我现在是不是像个说唱歌手了？"

"你就是个疯子。"我说。

"那也是疯爸比，或者你就叫我老爸也行。"

"你把帽子摘了我就喊你老爸，怎么样？"

"听你的。"他一边说一边取下帽子，"你真难对付，大象都比你听话。"

"女儿可不是用来听话的。"

"你这个女儿肯定不是，想都别想。"他随声附和道。

大象一头接一头地走进水塘，整个象群一共十一头大象，都是亚洲象。有的完全没入水中，有的在潜水，只剩鼻子和头顶露在水面上，还有的在蹚水，露出水面的脊背使水面荡起层层涟漪。

他们发出了各种各样的声音。当然，他们既不会像猫一样喵呜喵呜地叫，也不会像人一样哈哈大笑，但是他们会叽叽咕咕、吱吱嘎嘎、咕咕噜噜、咔嗒咔嗒地叫。人们在迪士尼动画片中听到大象发出的声音像拖长的喇叭声，以为大象只能发出那样的声音。他们确实会发出那样的声音——而且听起来非常悦耳——但是，他们也会发出很多别的声音呢。

只有黛西·梅在浅水区站着没动。我想走过去看看她。

"蹲下！"我对拉亚喊道。他把鼻子往后一搭，我就顺着他的鼻子滑进了齐腰深的水里，深一脚浅一脚地向岸边走去。

"嘿，黛西·梅，你还好吧？"我轻轻地揉了揉她的鼻子。

一头印度大象叫黛西·梅，真是够难听的，但是只有叫她这个名字，她才有反应。所有不在这里出生的大象都是被北美人救下送给我们的。黛西·梅来自肯塔基州的一个私人饲养者，他有一座私人动物园，一度觉得养一头大象是一件很了不起的事。

当然，一个人养头大象绝非一件什么了不起的事。值得一提的是，他给黛西·梅准备了一块超过4万平方米的土地，还给她雇了一位大型动物兽医，让她健健康康地过了两年好日子。

后来他终于意识到，养大象成本太高，而且只养一头大象对大象自身也不是什么好事，于是找到我们，让我们收留了她，还花钱请了一家特殊的动物运输公司把她送到了我们这里。那都是五六年前的事了。自那以后，他每年都会捐一笔钱用于支付黛西·梅的托管费。如果别人都像他那样替我们着想，我们就不会过得这么拮据了。

有的大象在被我们收留之前饱经磨难，有的大象就像被囚禁在地下室或者阁楼里的孩子一样受尽虐待。他们在没有足够的空间，没有家人也没有朋友的情况下活了下来。一头独来独往的大象就像一个被独立关押的犯人。他们就是犯人，唯一的罪行就是生而为象。

"她挺好的，不是吗？"我说。虽然这样说，我还是有点担心。

"黛西·梅好着呢，不光我这么觉着，多克·莫根医生也这么觉着。"老爸把棒球帽递给我。我戴上帽子，把头发塞了进去。

"自从上次他给黛西·梅做了体检之后，黛西·梅应该有好转才对呀。"我不由得有些忧心忡忡。

"昨天你去上学时，他还来看了黛西·梅呢。"

"你没跟我说过这件事。"我不禁吃了一惊。对这些大象的事，我一般都了如指掌。

"我说了，刚说的。拉亚刚才把你拖下水，你耳朵里进水了？"

"你和那头大象都觉得自己很幽默，其实并没有。莫根医生说什么了？"

"说黛西·梅好得很，还说她孕期一切正常。"

黛西·梅正怀着孕——21个月了，还有四周就要分娩。"她肚子里的宝宝也好吗？"我问。

"好着呢。他让我听了胎心，跳得跟敲鼓一样有劲。"

"要是我也在场听一听就好了。"我说。他之前给黛西·梅做检查的时候我听过，但是如果能再听一次，我还是会兴奋不已。我觉得自己就像黛西·梅的侄女或妹妹，医生给她检查时，我就应该陪在她身边。

"上学有时候的确会耽误事，好在夏天马上就到了。"老爸说。

"再上 10 天学就结束了。我天天数着呢。"

"重要的是她分娩的时候，你会在她身边。"

"那比什么都重要。真不敢相信这一天真的要来了。大象为什么不像兔子那样一次生一窝呢？"

他哈哈地笑了。"一窝大象，那太不可思议了。"

"生一对就够了不起了。"

"不仅了不起，而且极端罕见。不过我们都知道她只怀了一个。"

"是呀。跟漫长的孕期相比，大象生下的宝宝实在太少了。"

"你知道这条规则的——通常，动物的个头越大，孕期就越长。老鼠的孕期不到 1 个月，大象却要 22 个月。"

"22 个月是挺离谱的。河马的个头比大象小不了多少，孕期比人类的还短点。蓝鲸比大象大多了吧，孕期也没有那么长。"

不单单是大象，绝大多数动物我都相当了解。莫根医生给大象做体检、看病的时候，我就喜欢待在旁边，部分原因就在于我希望自己长大后也能当一名兽医。

"既有个头大小的原因，也有其他的复杂因素。虎鲸的孕期大约是 17 个月，长颈鹿大约得 15 个月。你也知道，跟大象最近的亲戚是海牛，海牛的宝宝要在妈妈肚子里待 13 个月。"

"要是大象也只要 13 个月就好了。"我说，"我都等得不耐烦了。"

"好饭不怕晚。科学家们认为大象有些与众不同，其自身复杂的社会结构使得他们生下来就需要具有相当完备的神经系统。"

"这是相对人类 9 个月的孕期及其社会结构的复杂性而言的吗？"我问。

"你说对了，但是你知道我对大多数人的看法。"

我当然知道，我和他看法一致。大象忠诚、善良、温柔，只有少数人拥有这些品质，大多数人都没有。

我和老爸一直站在水塘边，黛西·梅却向着深水区越走越远，直至只剩头顶和鼻子露在水面上。

"但愿她一切顺利。"我说。

"我也这么希望，但愿她一切顺利。"

黛西·梅不是一个普通的"孕妇"，她是通过一个特殊项目怀孕的。我们这个动物保护区急需钱用，于是有人就来投资了，但条件是我们的三头大象得接受人工授精——就是让大象以人工的方式受孕。老爸跟我解释这件事的时候，我觉得这个主意有点奇怪——说实在的，相当奇怪——甚至有点让人厌恶。老爸说要保证大象能够生存下去，最好的方式是创造遗传多样性。既然不能轻易把他们运到某个地方交配，就只好人工授精了。

　　这听起来可能有些不可思议，不过，有个腰缠万贯的怪人愿意投资，要造出些小象，也不是什么罪大恶极的事。有钱人喜欢砸钱做些匪夷所思的事，比起买豪华游艇、建大别墅，我觉得把钱投在大象身上要有意义多了。老爸听说，我们的保护区不是唯一接受这种投资的地方。

　　不幸的是，黛西·梅是三头接受人工授精的大象中唯一成功的一个。雷娜从一开始就没怀上，蒂尼怀了一年左右就流产了。大家都很伤心。黛西·梅能一路扛下来，我一点都不感到意外。她之前就光荣当妈，生下了贝加。"贝加"这个词在印地语中是"宝贝"的意思。贝加两岁多，已经完全断奶了，但是他从不会离开妈妈太远。现在他就在妈妈身边，一边在泥巴里打滚，自娱自乐，一边用一只眼睛看着妈妈。

　　老爸对这个项目的细节一直守口如瓶，别的事他都对我毫无保留，唯独这件事例外。我曾试图逼他多透露点，他却说自己真的不太清楚。两年前，在这个项目刚开始的时候，他跟我说，投资方希望不要声张此事，所以那些钱始终带有一种神秘色彩。我还有什么可打探的呢？他们给我们投钱，让大象生个宝宝，能坏到哪里呢？愿意给大象投钱的人一定都是大好人吧？

　　到目前为止，我们参与大象繁殖项目最大的好处，就是有人为我们的保护区注入了资金。捐款、游客进保护区所出的门票费、老爸在当地餐馆当服务员挣的钱，这些都是我们赖以度日的收入来源。这些收入都没有什么保障，也并非多大的一笔巨款——甚至连买一辆别老出故障的拖拉机都不够——但是足够我们应付各种开支和保护区的抵押贷款，还能勉强为大象再买点食料。

大象几乎不停地在进食。这里的每头大象每天要吃大约 140 公斤的食料，其中一部分靠他们自己觅食，但是大部分还得我们从外面弄回来分给他们，有时候纯靠我们的一双手。今天，就是靠我的一双手——还有胳膊、肩膀、后背。我们这个保护区大约有 80 万平方米，草木丰茂，小溪潺潺，还有一个大水塘，总面积相当于 200 个足球场那么大，已经不算小了吧？但是这么大的地盘，依然不够这些大象自由觅食。如果没有那些从外面买回来的干草，他们很可能早就啃光了这里的每一棵树，吃光了每一丛灌木上的叶子，甚至吃光地上的每一根草。

我从没在保护区以外的地方生活过。我希望自己像贝加和新生的小象一样，永远不要有第二个家。为什么要到别的地方生活呢？当你已经有了一片乐土，就不会脑子一热想要离开了。在这个保护区，我最喜欢的一方天地就在水塘那里。

"我得去上班了。"老爸说。

"周六不用上班吧。"

"巴尼病了，换班相当于多值一个班，挣点钱以备不时之需。你一个人待着没问题吧？"

"我都14岁了，又不是4岁。"

"你难道不应该说你13岁了，又不是3岁小孩吗？"

"差3个月我就满14周岁了。到时候，我就说我15岁了，因为从理论上来讲，我已经虚岁15了。"

"不要跑在岁月的前面，萨曼莎。总有一天，你会长到我这么老的。"

"那还得200年吧？"

"好好说话，要尊敬长辈。我只比你大99岁。一想到你独自一人留在家里，我就很担心，尤其是夜里。"

"无论白天黑夜，我都有一群大象为伴，还有6米高的围栏保护，没什么好担心的。"

"说起围栏，我明天得检查一下周边的情况，没准暴雨把什么地方冲坏了。"

气温飙升，前几周我们遭遇了一连串雷暴天气，好在都没有发展成龙卷风。不过昨天的雷暴差一点就成了龙卷风。狂风卷地，暴雨倾盆，闪电照亮了整个夜空。老爸担心靠近小溪的围栏会被雨水冲坏，或者干脆被洪水卷走了。

"我可以去看看。"我自告奋勇道。

"你应该和朋友出去逛逛。"

"其实，如果可以的话，我只想和朋友待在这儿。"

他看起来有些迟疑。"我觉得没问题。会来多少人？"

"我们一共十二个，但只有一个是人。"

"哦，原来你是想和这群大象待在一起，不是和朋友一起出去玩吗？"

"是和朋友一起呀。"

"你可以邀请几个人类朋友来呀。"他说。

"我在学校里能看到他们。"

他无奈地耸了耸肩。"我还能说什么？我也没花多少时间和别人待在一起。你自己能搞定晚饭吗？"

"老样子咯。"

"懂了。"他说。

我不介意自己做饭。我做的次数比老爸多——不过做得没那么精致，反正他对吃也不怎么在乎。有时候，我觉得他和大象一起吃草可能会更开心一些。

老爸在我的脸颊上亲了亲，然后向房子走去。我转过身，看着大象，他们有的在拍水，有的在游泳，有的在往别的象身上滋水，有的在往自己身上滋水，还有的在岸边的泥巴里打滚嬉戏。看来，晚饭可以晚一点吃。

2

我轻轻地关上前门，以免吵醒老爸。凌晨三点他才下班回到家。他进门的时候，我还没睡熟，但我没让他发现，免得他担心。我去检查围栏，这样他就可以多睡会儿了。等他睡醒后看到活都干完了，他准会开心地大吃一惊。本来昨晚他去上班后，我就开始忙活了，但还没等我检查完，天就黑了。

我经过象群曾经睡觉的大仓棚。仓棚已经很旧了，而且面目全非，说不定来一场暴风雨，就会让它的某些部分，或者全部轰然崩塌。老爸早就把仓门锁上，不再让大象进去。仓棚得换一个新的了，或者至少得拆掉这个，但目前我们既没有资金也没有时间来做这件事。

我一路走到水塘边，没想到象群已经在那儿了。平时，他们只在烈日炎炎的中午或者傍晚时分才到水塘这里来，那时水温刚刚好。水塘是大象最爱的地方，但是去水塘之前，他们还有重要的事要做。他们每天要花18个小时吃吃吃，简直就是进食机器。他们必须不停地进食，以获得足够的营养，这样才能活下去。他们有点像十几岁的男孩子，只是比我认识的男孩子更敏锐、更讨人喜欢。

大象非常聪明，比猫哇狗哇聪明多了。他们和海豚、类人猿一样，被认为是最聪明的动物。大象具有解决问题的能力，会把岩石当作攀爬的平台，会折断树枝当工具使用——尽管他们那么做主要是为了拍苍蝇，但是，工具就是工具。他们既能从自己的经历中总结经验，也会通过观察其他大象而学到经验。象群的首领，通常是年龄最大的母象，她会运用自己在岁月的积淀中获得的智慧，做出英明决断，供其他大象借鉴学习。

我们的象群的女族长是特里克西。她年纪最长，个头最大，智力最高。她通常站在能够看到所有大象的地方，时刻保持警惕。一旦她认为危险来临，就会挺身而出，将自己置于象群和危险之间。虽然这个保护区没有什么危险，但她依然坚守岗位，保持警惕，审时度势，做出决断。

我的目光穿过树林，瞥见了远处的象群。如我所料，他们离储存食物的地方很近。这群动物很聪明，但好像总也吃不饱。保护区里到处是他们啃食过的痕迹。很多树都有一道由于啃食造成的分界线——大象够不着的地方树叶就还在，大象啃食过的地方就光秃秃的，只剩下树枝。有的树连皮都被啃光了，几近枯萎；有的树被推倒了，横躺在地上。

离象群越近，我就看得越清楚。特里克西突然停止觅食，四处张望。她最先意识到我的靠近，对此我毫不意外。如果她毫无反应，我才深感意外呢。她称得上尽职尽责了。

她可能闻到了我的气味，也可能听到了我的动静。大象有发达的嗅觉和敏锐的听觉。小时候，我经常偷偷摸摸地靠近象群，一次都没成功过。就算再怎么悄无声息，他们都能听到。

特里克西转了转脑袋，扇动着她的大耳朵。她通过这种方式精确定位声音传来的方向。人们也可以通过大象的这种行为，看出他对什么东西感兴趣。

特里克西做出反应后没几秒，其他大象也做出了一连串的反应。他们停止了进食，抬头四处张望。身体足有一辆小汽车般大小的贝加，紧紧地贴着妈妈黛西·梅。如果他再小点，说不定就钻到妈妈身体底下躲起来了。

我习惯性地开始清点大象——也许特里克西不是唯一一头管事的"大象"。雷娜、赛琳娜、蒂尼聚在干草堆的另一头。这三头大象总是形影不离，就算分开，离得较远时，也要互相回应。8年前，她们从一个巡回演出的马戏团来到了这里。在这个象群里，她们仨就像一个小团体，个个都那么温柔安静。

更远处的是贾穆博和甘尼许。甘尼许的名字取自印度象神。他俩的年龄比那三头母象都要小，贾穆博4岁，在这里已经生活了两年。甘尼许在这里生活了3年，等他到了十三四岁时，他会花更多的时间独自觅食、消遣。不过20岁之前，他的大部分时间都将和象群一起度过。即使他脱离象群后独立生活，这块土地也足够他与象群和谐共处。当然，拉亚会先他一步独立生活，因为拉亚已经快9岁了。未来还很遥远，我甚至都不愿去想。

还剩三头大象没见着。我知道他们不会跑得太远，他们从来没有离象群太远过。

"早上好！"我大喊一声。

我点到的所有大象都朝我扭过头来。其中的两头，包括特里克西，听到我的声音后，就把鼻子举得高高的，以便闻到我的气味，更好地"看到"我。我举起胳膊，不是向他们招手，而是模仿他们的动作。看到是我，他们心满意足，便又认真地吃起来。

老爸经常开玩笑说，我童年的大部分时间都是大象陪着我一起长大的，我模仿大象的行为至少和模仿人类的行为一样多。这话说得没错，毕竟这里只有两个人，而大象的数量远比人要多。

大象都站在昨天吃剩的饲料边。饲料并没有剩下多少，那些干草只够作为早餐后的加餐。

走得再近些，我看见了树林里的哈蒂和斯坦皮。哈蒂是《丛林故事》中大象的名字，斯坦皮是《辛普森一家》中大象的名字。我们也想给斯坦皮换个名字，但是他来的时候就叫这个名字，只有叫这个名字他才会回应。

只剩拉亚不见踪影。他怎么不在这儿呢？我四下看了看，发现储草栏的另一头有动静。拉亚没有吃身边零零星星的干草，而是把鼻子伸进围栏里的储草区，想把还没打开的一捆捆干草卷出来，结果没能成功。每头大象都精明着呢。

跟以前一样，拉亚这个捣蛋鬼可能在拿那些干草寻开心——就跟我三番五次地偷偷摸摸靠近象群一样，明知不可能成功却依然乐此不疲。在很多方面，拉亚算是我的同龄人。大象的寿命是人的三分之二，所以如果你用他的年纪——9岁——除以2，再乘以3，结果是13岁半，跟我的年纪一样。也就是说，我们两个是这个群体中的小孩，年龄相仿、臭味相投。就算他很讨人嫌的时候，我也喜欢他。他有些地方像我认识的大多数男孩——尤其是讨人嫌的那些地方，而不是讨人喜欢的那些地方。

　　我在卫生课上学过，男性和女性成熟的速度不一样。我姥姥——也就是我妈妈的妈妈——也证实过。她跟我讲过，一般而言，小女孩翻身、爬行、走路、说话，甚至接受大小便训练，都比男孩子早。她说，男孩子终于赶上女孩子时——大概在 75 岁左右——他们震惊地发现，自己就要一命呜呼了！我知道她在开玩笑，但也不失严肃。姥姥 3 年前就去世了，我很想她。

　　我老爸是个出色的父亲，一个伟大的男人，也是我所认识的人中最聪明的一个——他对动物无所不知。有时候，我觉得我才是这个家的家长：做饭、干家务，我都比他做得多。但并不是说，我俩都做了很多家务，因为在这里有很多事要做，大象的事比家务更重要。有时候，他身在曹营心在汉，身体在我眼前晃，脑子却不知道飞到哪儿去了。也许大象们的做法是对的，规规矩矩地让一个女性来管，就万事大吉了。

　　等我走近储草区时，大象们也陆陆续续地走过来，他们准备吃早餐了。他们得有人投喂才行，拖拉机还是坏的，老爸没有时间修它，它就一直闲置在那里。

　　我从一个隐秘的地方把钥匙取了出来，打开围栏的门。这扇门平时用链子拴着、锁着，不让大象进。里面的饲料是给他们的，如果他们进去，就会把里面搞得一团糟，吃起来毫无节制——我们可负担不起。

　　我今天早上本没想着喂他们的。干草捆很重，我的胳膊前一天累得酸痛，一直疼，但是我还有别的选择吗？他们又不能自己喂自己……等等，也许有别的办法。

　　"拉亚！"我喊道。

　　他还在那头，长长的鼻子探进围栏里，也真是够执着的。终于，他停了下来，抬起脑袋，转头看向我。他看上去有点不安，像干坏事的时候被逮了个现行。

　　"拉亚，过来！"

　　他歪着脑袋，像在琢磨我要他干什么。也许他已经知道我想要他干什么，只是在犹豫要不要听我的。犹豫了几秒钟之后，他慢吞吞地向我走过来。

　　"要想吃到里面的东西，你最好走正门。"我边说边把围栏大门开得大大的，好让他进去。

　　不用我再多说，他立马就从打开的大门溜了进去，小心翼翼地避免碰到两边的围栏，尽量不蹭到我。我们就瞧着吧，看我到底是想了个好点子呢，还是干了件一天当中最蠢的事。

　　我倒退着进了围栏，顺手关上了门。特里克西和别的大象好奇地盯着我的一举一动。我把锁链绕在大门上，关牢了，不让其他大象进来。听到锁链的声响，拉亚转过头来，扇动他的大耳朵。他看上去不大自在。大象一遇到新情况，总是有些不安，现在对他来说，就是新情况。他从未进来过——所有的大象都不准进来——现在他和象群分开了。不过，还有我在他身边。

拉亚、坏掉的拖拉机，还有我，站在一片开阔的土地上，中间是一个悬挑的棚子，下面放着干草捆——成千上万个四四方方的干草捆堆在一起，有的地方有我身高的两三倍那么高，其中大约有一半干草捆是花钱买的，另一半是当地农民捐赠的。他们一般不捐赠现金，而是捐赠一些具体的东西。那一捆捆的干草虽无法与等重的黄金相提并论，却也是货真价实的好东西。

我缓缓向拉亚走过去，"别担心。"我说，"我只是让你干点事，作为你把我扔进水塘的回报。"

我抓起一个干草捆，拖到围栏边。特里克西眨眼间就过来了，把鼻子伸进围栏，去拖干草捆，结果拖了一鼻子干草。

我转身看拉亚，他已经从草堆上卷走一捆，拱开了，开始吃起来。对拉亚来说，搬运五六十斤重的干草捆不费吹灰之力。

在亚洲的某些地方，大象被当作牲口使用已经有4000多年的历史了。现在，他们主要供游客骑玩，但是在某些农村，人们依然用大象拖木料、运粮食。我在哪里读到过，说象夫，也就是驯大象、骑大象的人，能用一百多个不同的词和大象进行交流。驯象师指着某个东西，大象就知道要做什么，也知道接下来的每个步骤，所以做起来轻而易举。我没有亲眼见过，但是我相信是真的。我知道我们的大象懂多少个词。拉亚会听我的吗？他明白我要他做什么吗？

我指着围栏前面的空地。"把那捆干草拖过来！放到这儿！"我大声说道，"就放这儿，放下！"

拉亚不吃了，停了下来。他掉过头来，看着我，好像又在思考我在跟他说什么。他卷起一直在吃的那捆干草，向围栏走来。他懂我的意思了？

"这儿，这儿，放这儿！"我指着那个地方大喊大叫，上蹿下跳。

他一直走到我身边，高高地耸立在我眼前。

"好样的，拉亚。放下它。放下干草捆。"我蹲下身子，拍着地说，"就放这儿！"

拉亚转过他那巨大的脑袋看着我，我能清楚地看到他的眼睛。

四目相对，我敢肯定他在琢磨。

突然，他抬起鼻子，并没有丢下干草捆。

"不是那样，放下，别——"

干草捆被他抛向了空中，飞过围栏，落在围栏外，掉在了象群中。

我转向拉亚。他看上去很得意，好像在说："这样不是更好吗？"他转过身，小跑着回到堆放干草捆的地方，又卷起一捆，迅速跑回来，将它抛向空中，扔出围栏。特里克西嘴里发出一连串咔嗒咔嗒和叽叽咕咕的声音，以示赞同。

但是，拉亚没有跑回去卷第三捆，而是放下鼻子，卷起我没捡完的干草，把它们拢成一堆，然后抛起来玩。那些干草没有捆成一捆，它们像下雨一样纷纷扬扬地落在我周围。他是在揪我的错误，向我示意我没有把干草捆好，还是故意让干草落我一身？也许是其中的某个原因，也许两个原因都有。他又跑开了。

我感到欣慰。一是因为自己想到了这个主意，但更多的是为拉亚而自豪，他不仅听懂了我的话，而且干了繁重的体力活。当然，对他来说，那点重量不值一提。

这就是人们不太理解大象的其中一点。大象不仅群居，家庭成员间还互相关心，拉亚就是这样，他总是事事先为其他大象考虑。他们总是在互相交流。如果拉亚把干草捆往空中抛的时候，特里克西正数着他抛过来的草捆个数，我也不会觉得有什么稀奇。

他们就是这样，一起生活，互相关照，和睦相处。大象是地球上力气最大的物种之一，他们发起威来也会置人于死地，不过，除非受到威胁，大部分时候，他们都尽量不去伤害其他动物。

大象能表现出同理心，这一点只有人类和大猩猩才能做到。他们会为死去的同类悲伤。一头大象生病了、受伤了，象群不仅会留下来照料他，还会在死去的大象的遗体旁待上一段时间。他们会轻轻地推一推或者戳一戳死去的大象，用鼻子轻抚他，甚至在他死后很长一段时间后还去看望他。我在书上读到过这样的故事——所有关于大象的故事，只要能找到，我都读过——让人难过的是，我还亲眼见过。

我们曾经失去过一头大象，他叫花生。到我们这里的时候，他已经一把年纪了——老爸觉得他至少60岁——臼齿和长牙都已磨损得相当厉害。老爸估计，可能由于他已经老得不行了，才被送到我们这里。也许正是如此，他才因祸得福，成了象群的一员，不至于孤独终老。特里克西允许他和其他大象在一起，至少在生命的最后几个月，有我们的象群朝夕为伴，这里远比他从前寄居的私人动物园好多了。

虽然我们都知道花生时日不多了，但当有天早上看到他侧身倒在地上，再也站不起来的时候，我们还是深感震惊。老爸打电话叫来了兽医，莫根医生给他做了检查，说他也无力回天。疾病尚可治，年岁不饶人哪。

象群围着花生，有的看着他，有的把脸侧向一边，眼睛和鼻子朝外，守着他。他们就那样站了一整天，没有一头大象进食，偶尔有一两头到水塘里喝了水，但很快就回来了。

等他最后咽气了，他们还守着他。他们用鼻子轻轻地碰碰他，又轻轻地推推他，直到最后确信他已经死去。他们离开的时候，正好从我和老爸身边经过。我们也守着他。大象不会哭出声，但是他们有泪管，泪水流出来，眼睛都是湿漉漉的。那一天，每头大象都流下了眼泪。那样的场面，我之前没见过，之后也再没有见过。书上爱怎么说怎么说，大象们就是哭了。他们为失去花生这个伙伴而悲伤、难过。花生几乎独自生活了一辈子，离世的时候却成了象群中的一员，得到了家人的关照和守护。

把大象关起来养是一件比较残酷的事，我们的保护区就不一样。在这里，象群生活在一起，他们可以在数十万平方米的土地上随便游荡。有些动物园的条件好一些，有些动物园的条件差一些，但是用于游乐场、路边表演或作为私人收藏的大象通常孤身一个，受到虐待，与自己的妈妈、孩子和其他家庭成员因为人类的交易而分离。对此，我非常清楚，因为我们这里的大象大部分都是从那些地方来的。

有人说，我们这种保护区也不应该存在，所有的大象都应该回归自然。但是，那些从来没有在野外生活过的大象，你怎么让他们回归自然呢？你怎么让他们回归到一个并不存在的野外呢？大象是群居动物，你把一头大象送到哪个野外呢？不分青红皂白地把一头大象送回大自然，无异于给他判了个死缓，因为他会饿死；万一他和当地人起了冲突，那就相当于给他判了死刑。

我听到汽车发动机的声音，回头一看，老爸开着车过来了。通常，我们不会让大象进到储草区，但是我没有看出老爸有丝毫不快。其实，我几乎从来没有看到过他有什么不快。在某些方面，或者说在很多方面，他像一头大象，他甚至看起来就像一头大象：身材魁梧，头发灰白，胡子拉碴，外加一双棕色的大眼睛。有时候，我希望自己也有像大象一样的棕色的眼睛，可我的眼睛却是蓝色的。对了，还有一个地方，他也像极了大象：他总是在不停地吃吃吃，他的口袋里总是藏着苹果呀，燕麦棒啊，什锦杂果什么的。

他向我们开过来的时候，正嚼着干草的特里克西和象群停了那么一会儿。他们认出了他和他的车，知道没什么好担心的。老爸不喜欢把车开得离大象太近，所以就停在了空地边上。他啃着一个苹果，从车里钻了出来，正如我所料。

当拉亚把另一捆干草抛到围栏外的时候，我还没看到老爸的笑容，却已经听到了他的笑声。

"萨曼莎，你可真行啊！"他大声说。

"这可不是我干的。"

"但是是你训练他干的呀。"

"也不是我训练的，他好像知道怎么做。"

老爸穿梭在象群中，叫着他们的名字，在每头大象身上的特殊挠挠区拍一拍、摸一摸。

他又咬了一口苹果，然后把剩下的给了特里克西。他一贯如此。特里克西用鼻子轻轻接过苹果，送进嘴里。他要么和特里克西待的时间多一些，要么给她一些特殊待遇，要么两者都有。我觉得他俩就像女族长和男族长，一起负责照顾这个象群，保证每头大象都安安全全，有吃有喝。我觉得特里克西也是这么看的。

他靠在围栏上。"既然教他开了个头，你想好怎么教他停下来吗？"

"我让他弄完六十捆就停下来。"

"我都不知道他竟然能数到六十。"

"也许应该由你来教他如何停下来，你是大象行为专家。"

"我是大象行为专家，不过，要想知道他们的想法和感觉，没有人比你更懂。"他说。

我耸了耸肩，尽量像大象一样不动声色，其实听他那么夸我，我心里别提多高兴了。"并不复杂。"我说。

"对你来说也许不复杂，但我觉得那是因为你对他们了如指掌。"

他说得没错。我和大象生在一起，长在一起。我学会的

28

第一个词不是"爸爸"，而是"爱拉"①，我小时候常常那么叫他们。老爸从来都不太爱拍照，但是在我从小到大拍的照片中，每一张上面都有一头大象。我刚上学的时候，每次画家庭像，我画的都是我、老爸，还有象群的成员。我觉得，如果真有人知道大象的想法和感受，那个人一定是我。

"干草捆的数量好像够了。"老爸说。

拉亚的效率真高。他用了不到半个小时的时间，就把我拼命干两三个小时才能干完的活毫不费力地完成了。他又卷起了一个干草捆。我解开锁链，把围栏的门开得大大的。不用我说，他带着干草捆，慢步从门中踱了出去，走到了象群中。

"我以为你要让我带他出去呢。"

"拉亚和我决定不这么做。"我出了大门，并顺手关上了门。

老爸从口袋里摸出另一个苹果，扔给了我。"记得把核留给拉亚。"

"忘不了。"

他看了一眼时间。"离园区开放还有点时间。我们应该回去吃点东西。"

每逢周日，我们的保护区在中午到下午五点之间对外开

---

① 原文为 Ella，即 elephant 的前半部的发音，意为大象。

放，每人收费 10 美元，家庭票 25 美元，参观者可以进入园区观看大象。他们必须待在车上，沿土路行驶，禁止靠近或追逐大象。

假如园区开放的时间更长些，或者周六也允许参观，或者允许游客将车开出大路，离大象更近些，能让我们挣更多的钱，但这些措施没有一样对大象有好处。事实上，如果不是因为缺钱，那么我们根本不会让人们进来。让参观者，也就是我们的顾客们进来，老爸总是觉得不胜其烦。他说："我们这儿是保护区，不是马戏团的杂耍地。"有参观者的时候，老爸总是时刻待在车外，四处巡视，严阵以待，确保参观者遵守了每一项规定。

"今天会有很多人来帮忙吗？"我问。几个志愿者抽空会来这里给我们帮忙。

"今天有三个志愿者。"

"志愿者还是乔伊斯？"

"乔伊斯也是个志愿者呀。"

"她今天是作为志愿者来的吗？"

"她是其中之一，帕特森夫妇也来了。"

"我喜欢帕特森夫妇。"

"我不明白你为什么不喜欢乔伊斯。"

"作为一名律师……她还行。"

"你为什么讨厌律师？"

"他们有一半的时间都在帮犯罪的人开脱罪名。"

"剩下的一半时间他们也帮无罪的人保住自由。假如我触犯了法律，我当然也希望她站在我这一边。"

"你会被指控犯什么罪呢？收留大象却没有执照？"

"十一头大象，就会有十一项指控。"

乔伊斯是一名志愿者，也是一名律师，她在和老爸约会。6 个月前，她刚开始在这里做志愿者的时候，我就看出苗头了。我有一种感觉，比起这里的大象，她更喜欢那个拥有大象的男人。老爸对这一切毫无觉察，她的一言一行却逃不过我的眼睛。她一直面带微笑，歪着脑袋，倾听他说的每一个字，对他的笑话报以咯咯的笑。他是个十分聪明的男人，在人际交往方面却常常糊里糊涂，就像普通人对大象间的交往常常感到无法理解一样。有一次他告诉我，乔伊斯邀请他出去"约会"，一起去看一场电影，对此，我丝毫不感到意外。他问我那样好不好，我能怎么说？说那样不好？

"她是个好人，试着对她好点吧。"他说。

"我一直在尝试。"

"多尝试尝试。你一直是个心地善良的孩子，对她再好点吧。"

我不再多说什么，因为我不想言不由衷，也不想做更多的尝试。我对律师真的没有恶意，只是这个律师有些不一样。我不是怕他们约会。这些年老爸一直在和别的女人约会，我就是不希望他和这样的一个女人约会。她身上的某种气质使她显得和这里格格不入，要么就是老爸身上有一些与众不同的东西，总之，他俩在一起显得很不般配。我趁老爸不注意的时候，观察过他凝视她的样子，也听到过他和她在一起时，他哈哈哈、咯咯咯的笑声。哈哈哈尚在情理之中，咯咯咯是几个意思？看到他，一个五大三粗的中年男人，咯咯咯地笑，让人感觉有点莫名其妙。我怀疑他爱她胜过一切，这让我有些害怕。

乔伊斯身材瘦小，我觉得她就是人们常说的娇小可爱型，她和老爸走在一起的时候看起来相当滑稽。大多数人可能会觉得她风姿绰约，楚楚动人。她很爱笑，笑时露出一口好牙，又白又亮又整齐。她的牙齿有时看上去好像比普通人的要多一些。她有一头金发，可能是染成了金色的，她在上面似乎费了不少心思。还有她的妆容，哪个化了妆的人会去干扔草捆或者铲象粪的活？还有她的衣服，她的衣服很合身，就像量身定制的一样，甚至她穿的工作服也总是干干净净的，熨烫得平平整整的。

最让我感到烦心的大概要数她的微笑了。假如老爸是一头大象，那么她就是一条鳄鱼。鳄鱼的微笑一秒钟也骗不了我。如果我是一只埃及鸻，一种为鳄鱼清理牙齿的牙签鸟，我决不给她清理牙齿，因为我不敢保证她不会吃了我，我还要告诉所有的牙签鸟，这样谁都不会给她清理牙齿，她就会长蛀牙，然后——

"乔伊斯今天会早点来。"

我不解地看了他一眼。

"她说要给我们带些午餐过来，你好歹尝尝她带的东西吧。"

"东西我会吃的。"我说。我就是不给她清理牙齿。

3

"看样子人还挺多。"乔伊斯指着大门，挤出一副挑不出瑕疵的、亮闪闪的鳄鱼的笑容。

"我觉得还好吧。"我刻意不露出牙齿。

我迅速地数了数，已经有二十二辆车在排队等候了，此时离开园还有 10 分钟。我走到快要散架的售票亭，准备开门，乔伊斯跟在我身后。她不知道我提前几分钟去那儿就是想躲她躲得远远的。

"你还好吧?"她问我。

"好着呢。为什么这么问?"

"你午饭没吃多少，一整天都没说话。"

"我在想事情。"算她走运，我没把心里想的说出来。

"他叫什么名字?"她又问。

"谁？"

"你心里想的那个男孩呀，他叫什么名字？"

"你凭什么觉得我心里在想一个男孩？"

"我也是从你这么大过来的呢。"

"嗯，不过都过去很多年了吧？"

"你觉得我多少岁？"

"不知道。人到了一定年纪，就很难看出来了。"

"那你觉得我到了哪个年纪？"她追问。

她看起来有点不高兴，能把她惹恼，我不禁有一些沾沾自喜。我接着说："我猜你可能比我老爸大 5 岁吧？"

"我比你爸爸小 7 岁呢，我才 35 岁。"

"是吗？还真没想到。"

她好像更不开心了。她看上去其实比 35 岁要年轻，但我才不想让她开心呢。

她看上去很受伤，却依然不肯罢休。"有的人不太擅长估计别人的年龄。"

"嗯，有的人不擅长，"我附和道，"不过我倒是很擅长。"我正琢磨着在她的伤口上再撒点什么刺激刺激她，比如，说她晒太阳晒过了头，或者压力过大难免老得快，等等。我断定她干的律师这一行压力不小，但是那样未免有些过于恶毒了。我不是个小人，况且老爸让我对她好点。我已经够刻薄了。

她看起来很受伤，但是她脸上的表情很快缓和了。我一方面因为让她难堪而感到于心不忍，一方面又因为自己的话没有对她造成更大的打击而感到遗憾。

"我知道你很难接受自己的爸爸跟别人约会这件事，但是，希望你明白，你如果想跟我谈谈，我随时都会倾听。"

"你一周只在这儿待几次，哪里谈得上随时？"

"如果你有事找我，打个电话我就来了。"

"我老爸不用打电话就来了。他就住这儿，他是我老爸。"

我之所以那么强调，意在提醒她，他是我爸，而她不是我妈。虽然他和她交往的时间超过大部分他之前交往过的女人，而且有她在身边的时候，他的确显得比平时更傻了。难道这个女人身上有什么过人之处？所以她比之前的那些女人更让我感到心烦？

"我是说……我知道有些事女孩子跟老爸难以启齿，比如女人的事。"

我努力克制以免呕吐。

"比如，从现在到下周五到下下周五，你穿什么，需要什么建议。"

"我穿这个。"我指着自己的牛仔裤、T恤衫、棒球帽，还有运动鞋。

"你就穿这个去参加学年末的舞会?"

"你怎么知道有舞会?"我问。

"你们学校门前的大牌子上写着呢。"

"是有那么个事,但是我不去参加。"

"你的朋友们都不去吗?那是八年级的毕业舞会,对吧?"

"又不是非得参加才能毕业。"

"噢,嗯……好吧……我明白了。"

"明白就好——等等,你明白什么了?"

"恕我直言,如果没有男朋友,去了会比较尴尬。"

"你凭什么断定我没有男朋友呢?"我不服。

"所以还是有个男孩子咯?"她说。她看上去有些扬扬自得,就像抓住了一个说谎的证人一样。

根本就没有什么男孩子,她没有自己想的那么聪明。

"你知道吗?我们这一代可不像你们那一代。"我说,"我们班的一群女生一起参加。我们才不要一个男性来定义我们是谁,能做什么,能去哪里。"

"如果我的话让你产生了那种想法,那么我道歉。"她说,她的舌头都有些打结了,"我赞同你的观点。我是个律师,主张男女平等。我一直在为男女平等而努力,如果我说了什么不该说的话,那么我很抱歉。"

我缄口不言,没告诉她,她没有重要到可以惹我生气的地步。她走到我跟前，一只手搭在我肩上。怎么有人这么肉麻？我真想拿个东西掀掉她的手，于是灵机一动。

"不过，我还真有点事要找你呢。"我说。

"什么事？尽管说。"她捏了捏我的肩膀。

她下手可真重，捏过的地方简直要冒烟。

"什么事都行。"她说。

"我需要人帮个忙。"我说。

"什么忙？"她问。

她看起来充满关心，无比在意，又满怀期待。"那儿。"我指着远处的房子说。

"你想和我在别处单独谈谈？"

"不是，我得在这儿等到门开了，看着人进去，但我还没来得及清扫那个棚子的里面，我需要你去把大象的粪便打扫干净。"

她看上去不那么关心也不那么满怀期待了。她很受伤。

"没问题，如果你真的希望我这样做。"她把手从我肩上挪开了，转过身走了。

我突然感觉很自责。为她感到难过，也为自己这么做感到难过。这是她咎由自取吗？然而我已经没有时间想那么多了，况且，我现在还能做什么呢？

要开始放参观者进园了。我打开门锁，推开大门，示意排在最前面的那辆车开过来。等我走进售票亭，那辆车也正好停在了售票窗旁边，爸爸妈妈坐在前排，三个小娃娃坐在后排。

"下午好。"那个爸爸说。

"下午好。一共 25 美元。"

他递给我一张信用卡。

"对不起，我们只收现金。"我指着钉在售票亭边上的一个牌子说。

"啊，我没注意到。"

"不要紧，我带了现金。"他的妻子说。

她掏出钱包，抽了几张钞票，递给那个男人，他数了数递给了我。我把钱投进了收币箱。

"谢谢。请您开慢点，沿着土路开，不要离大象太近，不要下车逗留，只能摇下车窗拍照。"

"我保证，我们不会下车的。"他说。

"请您也不要在任何情况下给大象喂食。"

"我们不会的。等等——大象不会离我们那么近吧？我们都不敢奢望呢，是不是？"女人问。

"他们有时候会走到车的旁边，但是他们不会伤害你们。"

"也不会弄坏我的车吧？"男人问。比起他的家人，他好像更担心自己的车。

"不会的。"我心想，如果他们愿意，他们轻而易举就能把你那宝贝车拎起来转几圈，再在上面打几个滚。不过有些话自己想想就好，没必要说出来。"关掉发动机，让他们过去就行，不用担心。"我说。

"谢谢。"

我探出身子，看着坐在后排的那几个孩子。"大象真的很友好，也很温柔，什么都不用担心。"

"我们不担心。"三个孩子中最大的那个说。

"谢谢你的好意和安慰！"他们的妈妈说。

他们的车开走后，下一辆车紧接着来到了窗口前。就这样一辆接一辆，我不停地收钱。不少游客都是老面孔，他们经常来。作为捐赠，有的游客给的钱远远多于进入保护区所需的门票费。对那些初次到来的游客，我也会不厌其烦地交代他们，提醒他们。

与我隔着几辆车的一辆车里传出震天的音乐声。随着那辆车越来越近，音乐声也越来越响。当它开过来停在我面前时，我认出了车子的主人，四个和我上同一所学校的少年，他们现在上高中了。我跟他们不熟。

开车的人把音乐的音量调低了，但没有关上。

"嘿，大象女孩！"他大声喊道，其余的三个人大笑起来。

我哆嗦了一下，但愿他们没有注意到。

我刚上学的时候，同学们就叫我"大象女孩"。那时候，我喜欢这个称呼，毕竟，有什么赞美能比和大象相提并论还要好呢？后来，它就不再是一个包含赞美的称呼了。在有些人的眼里，我不再是"和大象在一起的女孩"，而是一个古怪的、大象和女孩的混合体。我应该把它当作一种赞美，即使它并不是那个意思，但是我做不到。

"需付 40 美元。"我说。

"40 美元？不是说家庭票 25 美元吗？"开车的人说。

"你们又不是一家。"

"我们当然是一家。我是爸爸，唐尼是妈妈，剩下的是我们的孩子。"他说，他们又哄笑了一番。

一群浑蛋。"40 美元。"

"就当给朋友打个折，怎么样？"

"我没有你们这样的朋友。要么交 40 美元，要么掉头离开。"

他们几个人凑钱的时候，开车的人嘀嘀咕咕，小声咒骂了几句，然后把钱递给我。"拿去，大象女孩，给自己买点花生米。"听了他那蹩脚的笑话，四个人再次哄笑了一番。

"呵呵，你们真幽默，史无前例地幽默。"

我对他们也忠告了一番：不要离开土路，待在车里不要出来，不要和大象发生冲突，等等，然后我决定再多说一句。

"你们得把音乐关了。"

"什么?"

"大象的听觉非常敏锐,把音乐关了吧。"

他关掉音乐。"因为大象的耳朵特别大?"

"这是一方面。"另一方面,我讨厌他们的音乐,就跟讨厌他们本人一样。

他们开着车走了,噪声也消失了,下一辆车轻轻地开到窗口边,交了钱。

4

校车在一个土包上颠了一下，车里的人轻轻地从座位上弹了起来，大家发出一串尖叫声和欢笑声。

"我还是不敢相信，你竟然不去参加舞会。"当我们坐在回家的车上时，史黛西说。

"我还是不敢相信你到现在都不信。"我说。

"舞会很好玩的。"莉兹的身子越过椅背，几乎要压在我的脑袋上。

"穿着别扭的衣服，站在又闷又热、臭气烘烘的体育馆里，我不觉得有多好玩。"

"你和我们一起，"史黛西说，"怎么会不好玩呢？"

"而且，这将是我们暑假结束前最后一次见面了。"莉兹说。

"不会呀，欢迎你们俩随时到保护区来玩。"

"我们会去玩，"史黛西说，"但是那跟在学校见面是两码事。"

"比在学校见面好多了。"我说。

"没错，"莉兹表示赞同，"但是，你还是应该去参加舞会。"

"你再考虑一下吧？"史黛西说。

我点点头。我心里正在为不去参加找第二个理由。问题是，我也没什么可穿的衣服哇。

快要到达我那站时，校车开始减速。我站起身，跟她们几个说再见。

"再考虑一下舞会的事！"我左一脚右一脚、摇摇晃晃地走在过道上时，史黛西大声对我说。

我没有回头，只是朝身后挥了挥手。她喊得那么大声，车上的同学们可能都听到了。去不去舞会应该是件私密的事，在公共场合谈论多少让人觉得有点尴尬。我去或不去，车上的男孩们会怎么想？他们会去想吗？如果我不去，只有我的朋友们会难过吗？还是其他人也会在意呢？

校车停了下来，门开了。

"萨慕，代我向大象问好。"谢弗太太说，她是校车司机。

"好的。"

她每天开到这一站都会说这么一句。她人很好，有时也会带着她的孙子孙女们来看看大象。

　　我走下校车，车门在我身后关上。车开动了，扬起一道尘土。我目送着它远去，心里默念着："我会怀念谢弗太太的。"下学期我就要上高中了，要坐另一个司机开的另一辆校车。我会怀念学校里的很多人、很多事——那是我上了9年[①]的学校！还有不到两周我就要毕业了。也许我真应该去参加一下毕业舞会。

　　我沿着外面的围栏一直走。这个保护区有两道围栏。外面的这一道是为了挡住人们，以免他们向里面张望，也免得他们随便进去。这道金属围栏很高，人们翻不进去。里面的一道围栏是为了圈住大象，那是一堵1.2米高的水泥墙，上面绕着三道电线。最上面的那一道电线可以通电，能够承载足够高的电荷，使大象不敢走到跟前。我们很少给它通电，一是因为电费很贵，另外，大象也没想着越过它。他们生活的世界以及他们需要的东西都在围栏里了。

　　真正挡住大象的，不是电线，而是水泥墙。虽然只有1.2米高——一个8岁小孩想要翻过去的话，他是能翻过去的——对大象来说，算很高了。大象不会跳，也不会翻墙。虽然经过训练他们可以爬上木桶，只用前腿或后腿站立，但

---

① 在加拿大，中小学一般实行六三三制，小学包括幼儿园在内为6年，初中和高中各3年。幼儿园可以和小学、初中共享同一所学校。

他们很少主动这么做。

我在密码锁上按下一串数字——我的生日——开了第一道门。锁嚓地响了一下，当的一声打开了。第二道门是明锁，我拿钥匙打开门，走进去，然后门在我身后关上了。

我漫步穿过院子，走进家里。"喂!"我大声喊道。没有人回应。我已经习惯了，老爸经常不在家，大象的事够他忙的。

我听到另一间屋子里传出电视机的声音。老爸喜欢在离开或者回来的时候听到家里有声音。那声音一直在继续，而且真的很吵很吵。我走进去关掉电视机，正好看到一张纸贴在电视机屏幕上，上面写着几个大大的字：新来了一头大象，到隔离区来。

*　　*　　*

我拼命蹬着自行车，穿过园区。一只土狼被我吓了一跳，斜眼看了我一眼，好像被我惹恼了，还有一群犰狳，慌慌张张地给我让了路。我没有看到象群，我猜他们在树林那边或者在水塘边。你很少看到一头大象独自游荡，要么所有的大象在一起，要么一头也看不到。他们觅食的时候会各自走开，但是绝不会走到看不见彼此的地方。

新来的大象一般都被安置在园区北边的一个围栏里。那个地方被有意安排得较远，与象群隔离开来。那样，新来的大象会有一段独自待着的安静时光。再者，如果他身上带有什么疾病或者寄生虫，也不会传染给别的大象。养一头生病的动物可不是件好事。养一群生病的动物，那就更糟糕了。

一辆运输卡车一路颠簸，慢慢向我驶来。我认出了它，也知道谁正开着它。没错，正是提姆。

提姆的卡车是专门为运输动物而设计的，经过改装，还带着笼子和安全带。它有点像运马的托运车，适用于各种动物。当来自外地的动物需要从一个地方运到另一个地方的时候，就会有人找他，因为你不可能去找联合包裹快递公司或者联邦快递运送一只老虎。这些年来，提姆给我们运来了三头大象。提姆不仅是个司机，还是一个动物爱好者。不管什么时候经过我们这个保护区，他都会顺便来喝杯咖啡，看一看那些大象。有时候，他还会和我们一起吃顿晚饭，他也不止一次在这里留宿。我知道老爸爱和他聊天。提姆说，在他运送过的所有动物中，他最爱的是大象。谁最爱的不是大象呢？

卡车停了下来，我走到提姆的车窗边。

"下午好，萨米。"他手扶着牛仔帽的一个角说。他的个头、他的微笑、他的帽子都那么大，我总是很纳闷这些都是怎么塞进卡车的驾驶室里的。

"下午好，提姆。见到你真高兴。"

"真高兴开到这儿了，不过我有点累了。我基本上一路都没停歇——14 个小时开了差不多 1450 千米。"

"你开得可真不慢呢。"

"没办法，我的乘客不开心哪，他一直在后面大声叫唤。"

"年轻的还是年老的？"我问。

"得了吧，萨米，啥时候有过年轻的呀？"

他说得没错。年轻的大象太值钱了，不会被送人的。

"年老的还是特别年老的？"

"中间的，是个大个头的公象，大约 25 岁了。能不能帮我个忙？"提姆问，"跟他在一起的时候小心一点。"

"我一直都很小心。"

"不，你不懂。这头大象——呃，他是一头有故事的大象。你爸爸会讲给你听的。"

"你也可以讲给我听。吃晚饭的时候讲给我听怎么样？"

"如果能跟你和杰克一起吃顿饭，那再好不过了，不过这次我得在路上吃了。我刚接了个电话，得把一头狮子从圣地亚哥运到旧金山。"

"这么说，你才要小心呢。"

"我一直都很小心。"他停了一会儿说，"至少到目前为止，那头狮子还从未伤过人。"

那就是说——这头大象伤过人。我一点都不感到意外。我们接手的大象往往年纪大，且经历复杂。

"你会小心的，对吧？"

"会的。"

他推了推牛仔帽，启动卡车，开走了。我向相反的方向骑去。

很快，我就看到了隔离区。我沿着外围的那道围栏一路骑行，围栏是用波纹金属做的，有三四米高，漆上了花花绿绿的颜色，有的已经锈迹斑斑——那些油漆，有的是老爸从不知道哪个垃圾堆里刨出来的，有的是别人捐赠的。其实围栏起不了太大作用，大象一抬脚就能给它捅出个洞，它也就是个摆设，起遮挡视线的作用，好让里面的那些动物看不到外面的情况。围栏里面还有另一道墙，和围住其他大象的内墙一样，是一道上面带着电线的低矮的水泥墙。

波纹金属围栏的大门是敞开着的，老爸的车和莫根医生的面包车都在里面。他俩站在内墙边上，我吱的一声停在他们身边。两人都朝我点点头，表示知道我来了，但并没有停止谈话。

我看到了那头大象。他离我大约50米远，半隐半现在树林中，长着长长的象牙，块头很大，不过没有什么参照物，我也说不出他到底有多大。他也是灰色皮肤，身上长着深色的斑块。

"他身上的那些东西是什么?"我问。

"褥疮。"莫根医生说。

"真可怕!"

"全身都是,"老爸说,"希望这里清新的空气和阳光能治愈他。"

"就指望这个地方了,除非你们让我给他注射一针镇静剂,再给他检查一下。"莫根医生说。

"运到这里之前,已经给他注射过镇静剂了。"老爸说。

"要是知道之前给他注射的具体药物和剂量,我就知道现在该怎么办了。简直不敢相信兽医竟然没有将那些信息给我们。"莫根医生说。

"我觉得没有什么兽医给他看过,根据他的身体情况判断,我认为他已经很久没有看过兽医了,所以我才希望你马上给他看看。"

"就我肉眼观察到的情况来看,我们必须给他注射镇静剂。"

"再次给他注射镇静剂可能带来的健康风险和并发症,你比我懂。"老爸说。

"我担心的不仅仅是大象的健康。我现在只能做远距离的外观检查,没法给他治疗,除非他镇静下来,受到保护。你让我过来，是让我给他检查检查呢还是看看就行?"

"他已经遭了不少罪了，我不愿他再多受一点罪。你能不能只给他用低剂量的镇静剂?"

"你知道我一贯尽可能用最低剂量的。怎么样，我要继续吗?"

老爸点了点头。

莫根医生回到他的面包车上。

"医生对这头大象不太信任。"我说。

"可以理解。因为对于他的过去我们只知道一些，并不是全部。"

"我们知道什么?"

"他是一头 23 岁的公象，名字叫巴玛。"

"这个名字不错。一个亚洲国家曾用它当国名呢①。"

"他之前一直在街头表演，被关在一个转不开身的小棚子里，可能受到过虐待，有没有接受过治疗不得而知。"

"所以我们才接手了他? 政府管过他吗?"

老爸没有作声。

"他们被迫放弃了他，还是另有隐情?"

---

① 缅甸人通常称自己的国家为巴玛（Burma），意为强者。1988 年 9 月，改国名为"缅甸联邦"。

"死了一个人。一名驯兽师被他杀死了。"

"巴玛杀死的?"

老爸点点头:"踩死的。"

"你也总说难免有危险。大型动物,尤其是在空间狭窄的地方,的确会发生那种意外。"我说。

"那不是一场意外,是蓄意而为、经过深思熟虑的。"

"很可能是那个人活该,他可能虐待过巴玛。"

"也可能吧,但是这不重要。如果我们不收留巴玛,他就会被实施安乐死。"

"所以,就把他匆匆忙忙地弄到这儿来了?"我问。

"别无选择。我们不收留他,他就会被判死刑。不能让更多的大象送命了。"

"也不能让动物保护区的主人或者他的女儿送命。"莫根医生走过来说。他手里拿着一支大大的来复枪——那是一支麻醉枪。"说到这儿,也不能让愿意给大象看病的兽医送命啊。"

"更不能让我们请得起的医生送命。"老爸补了一句。

"尤其是这种医生,他们是珍稀物种,几乎灭绝了。"莫根医生附和道。

"大家都要保重。"

"你们觉得他能和其他大象共处吗?"我问。

"他是一头大个头的公象,大部分时候喜欢离开象群,独自生活，但是，那并不妨碍他和这里的其他大象共处一个保护区哇。"老爸说。

"如果你能买下毗邻的那块地，就再好不过了。"莫根医生说。挨着我们这块地的北边和东边，有一块尚未开发的闲置空地——大约有200多万平方米。

"要是我们有几十万美元买下那块地就好了。你恐怕也没有那么多钱，对吧，老莫？"老爸问。

"那笔巨款还不知道在我哪条裤子的兜里呢！"

"他以前和其他大象是怎么相处的？"我问。

"据我所知，他之前从没有见过其他任何大象。"老爸说。

"从来没有？"

"他是那儿唯一的一头大象，一直被单独关着。"

"但是他一定在某个时候看到过别的大象……至少见过他自己的妈妈。"

"他可能还不到1岁就被从妈妈身边带走了。"老爸说。

"太野蛮了。"

"要知道，这就是一些驯兽师掌控动物的手段。过早和妈妈分离会摧垮动物的精气神，这样动物就会完全依赖驯兽师。"

这些道理我都懂，但我还是觉得这种做法很野蛮。

"如果他不能与象群和睦共处怎么办？"莫根医生问。

"这片园区很开阔。他可以独自生活，无论是生活在外面的空地，还是那个单独的隔离区，都随他。"

"那个隔离区没那么大。"我说。

"差不多有6万平方米呢，比他过去生活的地方大太多了。"老爸说，"他之前待的那个围栏还没有我们的仓棚大。"

"真是太惨了，太可怕了，太——"

"太丧心病狂了。"老爸打断我的话插了一句。

我远远地看着那头大象。他又高又壮，同时，又孤孤单单，脆弱不堪。他一定一直过着胆战心惊的日子吧。突然，砰的一声，又嗖的一声，那头大象跑开了，麻醉镖扎在了他的背上，镖尾像一根橙色的羽毛。

"一枪命中！"莫根医生说，"动物们应该感到幸运，有我这么一个把狩猎本事用在善事上的人。"

巴玛一直跑到墙内的那一头。

"我们还得等多久？"我问。

"20分钟内就会起作用，但是我们得根据他的反应，判断什么时候才可以安全地——或者说，比较安全地——进到隔离栏里。"

5

不到 10 分钟，巴玛就不动了。他一直站在溪边饮水，我们有些担心。如果药劲上来他掉进水里，那么他可能会溺死。他朝后退了几步，我们几个都松了一口气。现在，他什么都不做，就那么一直站着……摇摇晃晃。他确实是在前后摇晃。他那树干一样粗壮的腿开始瘫软下去。

"最坏的情况会怎样？"我问莫根医生。

"我们给他注射的剂量不够，他有可能把我们中的某个人或所有人都弄死。"

"我说的是大象。"

"听我说，对这头大象来说，同样也是死路一条。你懂的。"

我猜是这么回事：如果他再杀死一个人，他就没有一丝活下去的机会了。

"对这头大象来说，潜在的危险是，他可能会心脏病发作——心肌梗死，或者患上呼吸窘迫症，也就是说，他会停止呼吸。换作人类，这类药物会导致心率降低、血压降低，当然，还有呼吸减慢。对大象来说，还有并发症，他倒下时，肺部会受到自身重量的挤压。"

"多么可怕的死法呀。"我说。

"比起他以前的那种活法，这还算好点吧。"老爸说，"我真想把那些人装进笼子里关上个把月，让他们尝尝那种滋味。"

"你可能会因此坐大牢。"莫根医生说。

"坐大牢的应该是那些人。"我厉声说。

"不会的。关于饲养外来动物有很多法规，州与州的情况各不相同，让人头疼，另外，这种事常常会因为很难定罪而无法执行。"莫根医生说。

"要不了太久了。"老爸说。

那头大象好像正听着我们的谈话，前后踉跄了一下，侧身倒了下去，扬起一团尘土。

"赶紧过去！"莫根医生大声说道。

大门的锁已经打开，锁链也解开了，只等我们进去。我们正要冲过去的时候，老爸摁住了我的肩膀。

"也许你应该在这儿等着。"他说。

"如果我去很危险，你们两个去也一样很危险。"我说。

"她说得有道理。"莫根医生说。

"另外,如果出事,我可以轻而易举地跑过你们两个。"我说。

"这一点也有道理。"莫根医生说。

"让我去吧?"我可怜巴巴地看着老爸,恳求他。

"总是不忍心对你说不。走吧。"他说。

为了证明我说得没错,我跑得比他俩都快。说句公道话,其实是因为他俩都带着检查设备。再说,又不是到得越早就越聪明。我放慢速度,让他们跑在前面。

"把他的鼻子捋直,好让他呼吸!"莫根医生大声说。

我犹豫了一下,然后伸出手,摸了摸他的鼻子。如果会发生意外,就是现在了。什么都没有发生,什么反应都没有。很好——也许很糟糕,他停止呼吸了?还有心跳吗?我不知道。

我抓住他的鼻子,尽量捋直,能捋多直捋多直。接着,我听到空气进出的声音。巴玛在呼吸。谢天谢地!

突然,我看到一只棕色的眼睛睁开了,他正看着我,像是吓坏了。他怎么可能不被吓坏呢?

"没事。"我对他说。我慢慢地把手拢起,挡在他的眼睛周围,遮住强烈的太阳光。

"我正要让你拿块布条蒙住他的眼睛以保护它们呢。"莫根医生说。

"我正护着呢,但是我不想完全蒙住他的眼睛,那会让他更害怕……你也吓坏了吧,是不是,大个子?"

"没错。我是有点吓坏了呢。"莫根医生说。

"我在跟真正的大个子说话。"

"我以为你暗示我长胖了十好几斤呢。"

"他看得见,也听得见,对吧?"我问。

"他还闻得到,有感觉,只是动不了而已。药劲上来以后,他可能会更恍惚,但就算那样,也要不停地和他说话。听觉是最后才会丧失的感觉,因为听觉是被动的。"

我一边用手遮着他仰面朝上的那只眼睛,一边挪到他耳朵附近——不是因为这样做他能听得更清楚一些,而是大象的耳朵后面有个特殊的地方,大多数大象都喜欢人们搓揉那里。如果他能感觉到我在揉他,我和他就能以那样的方式交流。

"别怕。我们都在尽力帮你。"我挠着他的耳后说,"我希望这样你能感觉好点。你要知道,在你身边的都是朋友。叫你巴玛,你没意见吧?你的名字不错哦。我叫萨慕,有人叫我'大象女孩'。"

"我叫她萨曼莎。"老爸说,"或者小甜甜。"

"你可以叫他杰哥。"我说。

"杰哥?"莫根医生疑惑地问。

"说来话长。"老爸说。

我转向巴玛:"我们知道你身体不太好,医生正在给你检查。他要抽点血拿去化验。"

"已经抽完了。"莫根医生说。他手里举着一大瓶深红色的液体。

"总体情况怎么样?"老爸问。

"皮肤上的斑块是真菌引起的。你说得对,阳光和户外空气对他有好处。我准备给他抹点局部镇痛膏,差不多一周,他就能好。"

"太好了。"

"他右脚脚踝后面发生了感染,看起来像是拴链子的地方。链子太小了——可能大象长大了,链子却没调整。我给他涂点局部抗生素药膏,再给他打一针抗生素。"

"双管齐下比较保险。"老爸表示同意。

"主要是,我们不可能在短时间内再给他注射镇静剂。我会用广谱抗生素治疗他的皮肤感染。我确信他身上有寄生虫,我得除去那些玩意儿。"

莫根医生从包里拿出一个大塑料瓶,递给老爸。"如果在他身上发现皮疹,就给他涂这个。"

"挨着地的那一面怎么办?"我问,"我们没法涂那一面。"

"除非我们中有人能把他弄起来给他翻个个儿。我觉得还是交给空气和阳光吧，抗生素也能起点作用。"

莫根医生拿出另一个瓶子，打开盖子，用戴着手套的手指给大象脚上的伤口涂上了透明的糊状物，然后给一个大注射器装满透明液体，注射到大象的耳朵后面。

"你现在能告诉我们一些其他情况吗？"老爸问。

"他的肌肉张力不好，体重也不达标。"

"我之前也这么觉得。"老爸说，"可能因为他吃不饱，也不运动。这些都可以弥补。他的牙齿怎么样？"

莫根医生转过身，拨开大象的嘴唇，露出他的牙齿。"已经磨损得相当厉害了，不过对这个年龄的大象来说，还是可以接受的。这可能只是他的第二副或第三副牙。"

我知道大象一生一共要长六副臼齿。他们从来都不用看牙医，一副牙齿磨坏了，另一副牙齿就长出来了。

医生从包里拿出听诊器，把一端的两个塑料片分别放进自己的两只耳朵中，把另一端贴在大象身上，来回移动。

"情况不太妙。"医生说。

"什么情况？"我问。

"他的心率降得太厉害了。你听到他的呼吸了吗？"

"我也觉得他的呼吸频率变慢了。"老爸证实道。

我静下来聆听。巴玛的呼吸变得更轻了。

"你得想办法!"我大喊。

"我在想呢。"莫根医生在他的包里摸索着,掏出一个大号的注射器,比刚才用来抽血的那个大多了。他又拿出一个瓶子。

"你要干什么?"老爸问。

"我要给他注射一针肾上腺素。"医生一边说一边用注射器抽出药瓶里的药,"你俩赶紧离开这儿。"

"我不走。"我说。

"我们能搭把手。"老爸说。

"你们要想帮忙,就拿着我的包赶紧走,待会儿我跑的时候别挡了我的路。"

我俩有些迟疑。

"这药能救他的命,很快就会起效,可能只要几秒钟。赶紧走!快点!"

我俩站起来,我转过身抓起医生的包。那包重得出奇,背起来也很不方便。我一边跑,一边回头看医生在干什么。只见他双手一起使劲,把注射器扎进了大象身体的一侧。

莫根医生跳起身跑开了,手里还拿着注射完的针筒。他跑得飞快,眼看着就要超过我们,我不由得跑得更快了。

我听到动静,又回头看了一眼。那头大象抬了抬腿,摇摇晃晃地站了起来。他看上去有些僵硬,好像又要栽倒的样子。

"再跑快点!"莫根医生一边大喊,一边追到我们身旁,从我手里抓过他的包。

我们三个同时到达围墙的门口,他俩让我先穿了过去。我转过身,回头看。那头大象不仅站了起来,而且正往我们这个方向冲过来。

等莫根医生和老爸都出来后,老爸砰地关上了门,顺手拴上了锁链。巴玛离我们不是太近,但我从未像现在这样接近一头冲过来的公象。

"你给他注射了多少?"老爸问。

"可能稍微多了点,我只能估摸着来。那个剂量足够干掉一匹马,但幸运的是,也足以救活一头大象。"

巴玛的速度逐渐慢下来,从狂奔到小跑再到小步慢走,直到最后完全停了下来。他不停地摇晃着脑袋,然后扭头用一只眼睛看着我们。我不知道,他是在努力记住救了他的命的人,还是差点要了他的命的人。不管怎样,他是一头大象,他不会忘记发生过的事。我也不会。

6

"好了，所有的文件都签好了。"乔伊斯说。

"谢谢你帮我们把这件事办完了。"老爸说。

"巴玛现在正式成为我们的了？"我问。

"他的全部，包括他的过去，都属于你们了。"乔伊斯说。

"正是因为他的过去，我们才收留了他。"老爸说，"另外，谢谢你把饭都做好了。"

乔伊斯下班后顺便把法律文件带了过来。我们都太忙，顾不上吃饭，她猜到了，所以来的时候买了一些食品，又在我们的冰箱和厨柜里找出了一些食物。当我们走进家门的时候，一顿晚餐已经摆在我们眼前。她以前也给我们做过饭，我不得不说——至少在我看来——她做得一手好菜。也许，不用我亲自动手的东西吃起来都香吧。

"我要走了。"老爸说。

"去哪儿?"乔伊斯问。

"今天晚上我去守着巴玛。"

每当我们接手一头新的大象时,他总要去守夜。以前她没遇到过,所以对此事一无所知。

"好吧,你去吧,剩下的我来收拾。"乔伊斯提议说。

"我会做这些的。你也该走了。"我说。

老爸起身走到我身边。"我一直带着手机,有事呼我。"

"多亏你提醒,万一有什么妖魔鬼怪,还需要你救我一命呢。"

"在所不辞。就算你不需要,我也随时待命。"他亲了亲我的额头,"明天早上见。"

没错。他总是随叫随到。

乔伊斯跟着他走到门口。他们窃窃私语了一番,我没听清。她抓住他的手,他俯下身,他们就吻了起来。我知道他们有过接吻之类的行为,他们一直很谨慎,尽量不在我眼前做一些出格的事。我不知道是他的主意还是她的主意,但是我很感激。他们又低声私语了一番,又吻了一次。不可否认,她的确让他很快乐。

老爸的装备放在前门的一个包里。他拎起包,朝我挥了挥手,笑了笑,走了。发动机响了,车子开走了。最后,只剩下我和乔伊斯，以及满屋子尴尬的沉默。

乔伊斯开始收拾餐盘。

"我说过我会收拾的。"我说。

"多双手干得快。"

我希望她回家，但其实我不太想洗盘子。最后，懒惰占了上风。另外，我还真想跟她谈谈。我思来想去，最后发现她是我唯一可以求助的人。

"谢了。"我站起来，把更多的盘子收拾在一起。

她在水池里放了些水，挤了些洗洁精，用手搅动起泡沫。她的指甲为什么一直都那么完美？

"你很勇敢。"她说。

"盘子又不吃人。"

她扑哧笑了，比这个玩笑本该引起的笑声响亮得多。"我是说你独自待在家。我十三四岁，甚至更大一些的时候，都不敢独自一人待在房子里。"

有那么一瞬间，我想拿她的年纪开涮，问她恐龙有多可怕之类的，想想还是放弃了。想找别人帮忙，又把别人惹恼，最后只会搬起石头砸自己的脚。

"我也没那么勇敢。我把自己锁在房子里，外面还有两道墙，其中一道墙上面还有电网，墙内还有一群守护我的大象。如果我是你，深更半夜开车回家，反倒更让人担心。"

"谢谢你为我操心，不过我还真得回家，因为我明天一早要出庭。"

"我可没说要你留下来过夜——"

她笑了："别担心。收拾完盘子后我就走，说到做到。"

她洗餐盘，我烘干放好。我们都没说话，但是气氛不那么尴尬了。我先打破了沉默。

"我能问你个问题吗？"

"当然可以。"

"就是——嗯，我在想下周参加毕业舞会的事。"

"太好啦！"她高兴地说，"什么让你改变了主意？"

"我就是觉得，和朋友待在一起才开心，仅此而已。"

她点了点头，但是没说话。

"但是现在，来了一头新的大象，我老爸会很忙。"

"再多的事我也乐意为你做，还可以接送你参加舞会。"她说。

"谢谢你这么说，但是我可以搭车。只是……或许我不该问。"

她转身背对水池，对着我说："随便问。"

"只是，这个问题会耽误你很多时间，我知道你在忙那个案子和别的事。"

"并没有忙到腾不出时间回答你的问题呀。"

她这么说真是太贴心了，可我还是心存疑虑。曾经不止一个女人认为，要赢得我老爸的心，最好的方法就是先过我这一关。

"我能帮你什么？"她问。

"我在想，你能不能帮我——比如，和我一起——去挑件我参加舞会穿的衣服？"

"你希望我和你一起去买衣服？"

这句话被大声地说出来，显得整件事有些荒唐，但是我还是轻轻地点了点头。

"我当然愿意啦！谢谢你征求我的意见！"她高兴地一把抱住了我，她那沾满洗洁精的双手湿乎乎地贴在我的后背上。"我们一定能挑到最适合你的衣服。另外，你的头发……你打算怎么办？"

"呃，我觉得洗洗就行了。"

她放开我。"你的朋友们都会做头发的，对吧？"

我点了点头。有的甚至还会染手指甲和脚指甲呢。

"如果你愿意，我可以约一下我的造型师。"她说，"如果你有别的固定的造型师，我就不约了。"

"没有。"我一般去"超级剪"连锁店剪头发，排到谁就让谁剪。

她伸手摘下我的帽子。这个举动让我大吃一惊，甚至忘了阻止她。"你的头发真棒啊。"

"有吗?"我有些不好意思。

"又浓又密,还带着自来卷。我真希望自己的头发也有那样的卷。"

她的头发已经做得很好看了。事实上,那也是我不太喜欢她的一个原因。

"你明天放学后,我就去接你,怎么样?"乔伊斯问。

"我还不确定。新来了一头大象,还有一些别的事,老爸可能需要我在这儿帮忙。"

"舞会很快就要到了。"她说,"你的头发可以等到下周五做,就在放学后吧,我来约,但是我觉得礼服还是尽早挑吧。明天放学,我在你们学校外面等你。找我的车就行。"

"那太好了,谢谢你。"我感到如释重负,至少礼服的事情解决了,还有另一件事让我忧心不已。"我还有一个问题。"

"我就知道你有很多问题,是不是关于我们要——"

"是关于巴玛的。"

她看着地上:"这事问你爸爸比问我恐怕更合适吧?"

"其实是个法律问题。对于我们接收的这头大象,你怎么看?"

"看样子,你有些担忧。"她说。

"你觉得这么做好吗?"

"我在这儿只是个志愿者。"

"但是你也是律师呀。你不太想让这头大象在这儿，对吧？"

她看上去有些不太自在。

"求你了，我就是想知道接下来会发生什么。"

她耸了耸肩："我知道杰克会跟你讲的，所以，我跟你讲应该也不算错吧。"

"拜托。"

"你知道这头大象很有来头。"

"老爸说过，我们只收留有故事的大象。"

"这头大象可不一般。"

"因为故事太多，所以你认为我们不应该收下他？"

乔伊斯欲言又止。

"我真的想知道你是怎么看的。"我说，"求你了。你跟我说过，如果我有任何事想跟你谈谈，都可以开口的。我现在就想跟你谈谈这件事。"

她犹豫地点了点头，看上去还不太高兴，但我就是要让她别无选择。

"我是一个大象爱好者，深知你爸爸为何收留他。"她说，"但是，身为律师，我知道这里面有潜在的法律责任问题。"

"他会小心的。"我说。

"我知道他会，你们俩都会，但是，过去就像一面镜子，能够很好地照见将来。"

"人人都会犯错吧?"我问。

"一个错,没问题,但是再一再二不可再三。"

"再三?"

"或许我不该多嘴,还是让你爸爸告诉你吧。"

"既然都说了,你得说清楚。"

开口之前,她又犹豫了。"两年前,还有一位驯兽师也受伤了。巴玛把他扔到墙上,摔断了他的胳膊。"

"第三个呢?"我问。

"那是游乐园的一个游客。"乔伊斯说,"一个 10 岁的小女孩。"

不知怎的,她即将说出口的话因为那个小女孩变得糟糕透了。

"巴玛把鼻子伸出围栏,对着她用力一顶,她往后一倒,撞到了头部。"

"她不应该离围栏那么近。"我反驳道,"我们都不让游客靠那么近。"

"我不知道具体的情况,但是,在这个保护区如果有人下车,会发生什么事?"乔伊斯问。

"我们不允许汽车开进那个隔离区。"

"他要在那里度过余生吗?"她问。

"不，当然不是。你知道的，除此之外，我们一直提醒游客待在车里。"

"那些对法官来说都不重要。如果这里有游客受伤，你爸爸就会被起诉。如果这只动物有暴力前科——比如这头大象——毫无悬念，他一定会因此被起诉，甚至有可能以疏忽致险罪被提起刑事诉讼。"

"大象会受到指控？"

"你爸爸会受到指控。"

"那不合理呀。"

"从法律的角度来看，这是完全合理的。因为他可能创造了一种别人置身其中便可能遭受死亡或者重伤的危险环境。从本质上来讲，他没有采取任何措施阻止这种危险的发生，这就是疏忽致险罪。一旦定罪，他将面临两到七年的刑期。"

"那种情况会发生吗？"我吃惊地问。

"很有可能。且不说这个，就算没有受到刑事指控，也没有被定罪，官司肯定是跑不掉的，你们会因此失去这片保护区。"

我惊呆了。怎么会那样？我并非不相信她说的话，我只是不愿意相信这样的事会发生在我们身上。

"你得把这些告诉我老爸。"

"我刚才跟你说的，之前都跟你爸爸说过了。他说，别无选择。”

“当然有，他可以……拒收。但我猜他不会拒收，因为拒收意味着巴玛就只能被处死。”

“你得想想你们赖以生存的保护区，它就像一个救生艇。”她说。

“什么意思？”

“在变幻莫测的大海上，你们为十一头大象提供了一个救生艇。”

我忍不住脑补了一幅画面：一群大象穿着特大号救生衣，站在一艘救生艇上。我差点咯咯地笑出声。

“船上就那么大的空间。你们把最后这头大象弄上船，就等于把船上的其他生命置于危险境地。”

我完全明白了她的意思，这件事一点都不好笑。“我懂了。”

“很好。如果你爸爸也明白这个道理就好了。到目前为止，你们还算运气不错，但是你们总不能指望一直靠运气过日子。”

“我会跟他讲。”

“你觉得他会听吗？”乔伊斯问，“你觉得他会把已经来到这里的那头大象赶走吗？”

我摇了摇头。“当然不会，但是我可以试着说服他下次更加小心，三思而后行。”

她洗完了最后一个盘子，把下水道的塞子拔了出来。

"我也想问你一个问题。"乔伊斯说。

"法律问题？"我问。

"不，是个——你在逗我？"

"很显然，有人说我遗传了老爸的幽默感。"

"其实正是关于你爸爸的。"又是长时间的沉默。"我们约会差不多有半年了。"

我不知道他们约会的日子具体有多长，因为在我知道这件事之前他们就开始了。但我的确能看出来，她比别的女人留在这儿的时间要长。

"他和我一直在讨论我们的关系该何去何从。"

我不想继续聊这个话题。

"我们一直在讨论，还没有定论，只是在讨论向哪个方向发展。"

"什么意思？"

"我们只是想努力把这件事想清楚。我俩年纪都不小了。"

我紧紧地咬住嘴唇，按捺住差点将她的年龄脱口而出的冲动。

"我觉得，我们都不是3岁小孩，我们在讨论最后可能会走到哪一步。"她说。

我真的一点都不喜欢这个话题。

"我觉得有时候你希望我离开。"她说。

她怎么可能知道我在想什么？

"我是一名律师，读懂别人的想法是一项基本功。"她说，仿佛她一直在揣摩我的心思。"你爸爸是一个了不起的男人——这一点你也清楚——但他认为我们做什么决定你都没意见。我告诉他，他很懂大象，却未必懂人，因为我知道你对我有所顾虑。"

我忍不住笑出了声。

"我想，他没有跟你提起过这些吧？"

我摇了摇头。

"很抱歉。他应该跟你说的。我跟他说过，我们不是两个人，而是三个人，未来向什么方向进一步发展，你也得知道……并同意。"

"你在征求我的同意？"我问。我对此很是吃惊，比他们想要"进一步发展"这件事更让我吃惊。

"我不知道'同意'这个词是不是恰当。事情会怎样发展，你得知道，你得参与讨论，这很重要。"

"你们都是成年人，你们想怎样就怎样，跟我有什么关系？"

"听我说，我理解。"乔伊斯说，"我知道你心里向着你爸爸。相信我，我理解你的感受，完全理解。"

"你凭什么认为你理解我？"我问。她怎么可能理解我的感受？

　　她叹了口气："我 9 岁的时候，妈妈去世了……其实我很少谈起这件事。"

　　"我不知道这件事，抱歉。"

　　"你的情况跟我不太一样。你那时候还太小——"

　　"小得多。"

　　她点了点头，看上去明显很难过，当人们被识破什么的时候，就会露出那种表情。我讨厌那种表情。

　　"不过，我还是认为我理解你的某些感受。"谢天谢地她加了"某些"这个词，否则我真的要尖叫了。

　　"我对我爸的约会对象很不放心，其中有些真的是无可救药。可笑的是，他在大多数事情上都很聪明，唯独在约会这件事上稀里糊涂的。"她说。

　　我笑出了声："的确跟我老爸很像。他是我知道的最聪明的一个呆瓜。"

　　"他是个非常聪明的男人，温柔、贴心、善良，还有些天真。他若是像理解大象一样理解人就好了。"

　　"有时候他会忘记对方是人类，而把他们当作大象。"

　　"就算是大象，也有品行不好的。"

　　"也许是因为受过虐待，所以他们变坏了。"我说。虽然我对巴玛还不了解，也不确定我是否希望他待在这里，但我依然在尽力为他辩解。

"受过虐待,"她表示同意,"身为一个刑事辩护律师,我跟那些犯了罪的人打过很长时间的交道。"

"那可不是一群什么好人。"我说。

"不是特别好。很久以前我就见怪不怪了,我为之辩护的那些人大都生活在可怕的家庭环境中,经历了很多常人难以想象的事情。"

"就像巴玛。"

"其实巴玛经历的跟我所看到的一些人相比,根本不值一提,也许你觉得这很难相信。"

"的确很难相信。"我说。

"了解他们的过去可以帮助我们理解他们为什么有那样的行为方式,但是,这并不代表我们可以改变他们将来的行为方式。"

我对巴玛也有同样的担忧。我不禁想到老爸正单独和他睡在那个围栏里,虽然他们分别睡在两头,我也很不放心。

"回到刚才我们谈论的话题吧,我还担心和我爸约会的女人会取代我妈妈的位置。"她说。

"你不能取代一个你从来都没有拥有过的位置。"我说,我的声音小得像悄悄话,眼泪在我眼眶里打转。

她把一只手放在我的肩上。这次她至少擦干了。

"我对妈妈还留有一些非常清晰的记忆，你太小，可能对你妈妈没有什么印象。"

我摇了摇头："我们有一些她的照片。"

照片放在一个雪松木箱里，我有好长时间没翻过了，不过，我知道它们在那儿，就会觉得心安。照片让妈妈显得更真实——至少像照片上那样真实。

"你爸爸说起过那些照片。他还说，你和你妈妈都没留下一张合影。"

"没来得及。"我说。我的声音小得只有自己能听见。我紧紧地咬住下嘴唇，不让自己哭出来。有人不是说让自己感到疼痛能阻止眼泪掉下来吗？我还是哇的一声哭了出来。

"我想再啰唆一遍。如果你想跟我吐露一些秘密，女孩子的小秘密，你不愿意和爸爸说的秘密，都可以打电话给我。就算我不在这儿，或者不再和你爸爸约会，不再是这里的志愿者，都没关系。"

"我喜欢你在这里做志愿者，"我停顿了一下，说，"我甚至喜欢你跟他约会。"

"谢谢你。"

说出这番话，我自己都感到不可思议，而且更不可思议的是，我是发自内心的。我什么时候变了？那些突如其来的情感源自何处？

"目前，你爸爸和我还会继续交往下去，不会有进一步的发展。我会告诉他我们谈过了，但是不会跟他细说全部……如果你愿意的话。"

我点了点头。

"我和你爸爸的事，不会突飞猛进，也不会瞒着你。生活会丢给我们一些我们无法预料的惊喜，也会扔给我们一些出乎意料的惊吓。我和杰克之间的任何事，都不会瞒着你。"

"谢谢。"

"另外，咱们要买条裙子，你还要当心那头新来的大象。"她说。

"我不知道哪件事更让我害怕。"

她笑出了声："我保证咱们会买到合适的裙子。你得跟我保证，你要当心你自己和你爸爸的安全，好吗？"

"我保证。"

我忍不住思索，我们将自己带进了一个什么样的境地？我指的不只是那头新来的大象。

7

史黛西和莉兹都买了拖地长裙，我的也是一条拖地长裙，红色的，上面缀着金光闪闪的小亮片。这条长裙柔软、丝滑，我一走动，它就闪闪发光，这种感觉让我陶醉。

这条裙子可不是我试穿的第一条、第二条，甚至不是第十条。穿着第一条裙子从更衣室走出来的时候，我感觉很别扭，但不知怎的，乔伊斯却让我感觉还不错。到后来，试穿成了一件有趣的事，甚至变得有点好玩了。试穿这条裙子时，我心想，就是它了。乔伊斯和女售货员的反应也证实了我的感觉。

我们买下这条裙子后，又买了一双和它相配的鞋子，然后在一家非常不错的餐厅里吃了一顿真正的"晚"餐。我们聊到大象，共同看过的电视节目和电影，她的第一次学校舞会，她为何成了一名律师，我为何想当一名兽医。气氛融洽而轻松，没有任何尴尬，一点也不别扭。她说，我们应该经常这样，我没有表示异议。

现在我都不敢走出卧室了，连客厅都不敢去，但是，要么去参加舞会，要么一晚上都待在卧室里，哪儿也别去。是时候跨出那一步了。

"天哪，太漂亮了！"乔伊斯有些夸张地说。

"跟我平时的样子截然相反？"

"你知道我不是那个意思——你平常一直穿着脏兮兮的牛仔服，头发窝在棒球帽里，跟现在这种形象的确不一样。"

"我刚才正想戴上我的棒球帽呢。"

"你不会要把一头漂亮的头发搞乱吧？千万别。"

放学后我就去做了头发。乔伊斯开车带我去了一家美发店，做完后又把我送回了家。洗发、剪发让我感到轻松惬意，甚至有些享受。发型师十分友好，说了很多乔伊斯的好话——她们已经相识多年。离开的时候，我的头发已被盘起，烫了卷，还用发胶定了型。

"我要烧掉你的棒球帽，以免你今晚上非戴不可！"乔伊斯结束了这个话题。

若在一周前，我会夺回我的帽子直接戴上表示抗议，然而今天晚上我没有。我走到墙上的镜子跟前。

"我看起来不会太傻吧?"我问。

"你看上去很美!"

"好吧,我觉得好傻。"

"那是因为你看起来跟平时不一样。很多人都会感到意外的,那是变化带来的结果。我觉得一个连十一头体重加起来有几十吨的大象都不害怕的女孩,不应该担心一群八年级男生的想法。"

"我才不在意他们怎么想呢。"我表示反对。

"你肯定有那么一点在意,否则你一开始就不会想去参加舞会。"

"也许我不应该去——"

"你要去。就算那些男生不重要,你的好朋友都等着你呢,你也想和她们待一会儿,对不对?"

"对——我的意思是,我想。"

"你选择穿平底鞋而不是高跟鞋,我觉得这个决定非常明智。"她说。

这双鞋子和我的裙子是一个颜色的,皮的,很别致,比我以前穿的任何一双鞋子都别致。

"高跟鞋太傻了。不知道穿高跟鞋的人是怎么走路的。"我说。

"可以学呀。"乔伊斯边说边低头看了看自己的恨天高。

"我不是说你不应该穿高跟鞋。"我说。真奇怪，我竟然开始在意有没有让她不高兴。

"你遗传了你爸爸的高个子，平底鞋能帮你平衡一下。再说，你也不想跳舞的时候比男孩子高出半头吧。"

"我不确定是不是要跳舞。"我说。

"你得跳，别让他们老踩到你的脚就行。什么时候别人来接你？"乔伊斯问。

"史黛西和她父母半个小时内到这儿。"

我听见前门开了。老爸走了进来，他倒吸了一口气。

"你看起来……你看上去……"

"我们都觉得可以用'不一样'和'美丽'这两个词。"我说。

"我想说的是，你看上去像极了你妈妈。"

这出乎我的意料。

"我记得有一张照片里她也是这么盘着头发的。"他说。

我已经很久没翻过那个雪松木箱，几乎想不起她到底长什么样，只记得她的确很好看。也许是时候再看一看了吧——虽然那会让我有些难过。大多数时候，它让我感到一种别样的幸福。

"太神奇了。我可能一直都没想过你俩的相似之处，你越长越像她了。"

"真高兴我没有长成你的模样，杰克老兄。"我说。

"在我看来，你俩的唯一共同之处是性情。"乔伊斯说，"不知道你俩谁更固执。"

我和老爸互相指着对方。

"应该给你们照几张照片。"乔伊斯说。

"我们照过很多照片。"我说。

"没有一张是精心打扮过的，几乎每张里面都有一头大象。你还有 30 分钟的时间，而我有一部不错的相机——咱们开始吧。"

"嗯……我可以稍等会儿吗？我有一个电话。"老爸说。

什么电话不能等几分钟？"你要给谁打电话？为什么非要这个时候打？"我问。

"没什么。"

"既然没什么，就别逃避我的问题……求你了。"

"我准备给莫根医生打个电话。"

"什么事？"

"没什么要紧的。"他说。

"如果没什么要紧的，你就不会在周五晚上给他打电话。"我反驳道。

他迟疑了一会儿。"好吧，我只是有点担心，我再说一遍，只是有点担心黛西·梅。"

"她怎么了？"

"没怎么。她只是看上去有那么点不对劲。"

"怎么个不对劲？"乔伊斯问。

"她比平时动得少，看上去有点无精打采。"

"她怀孕21个月了。"乔伊斯提醒道。

"所以才无精打采？"老爸说。

"如果你不放心，我也许应该——"我说。

"你去参加舞会！"老爸命令道，他的语气很重，让我吃了一惊。"我认为乔伊斯说得对。"

因为她是个律师，而你是个大象专家，我心里这么想着，却没有说出来。

"刚才被你们打断了，我原本要说的是，我应该在去参加舞会之前看看黛西·梅。"我说。

"哦，那没问题。"他说。

"但也许你的担心是有道理的，我不应该去参加舞会。"我说。

"你得去参加舞会。"他又说了一遍。这一次声音没那么大了，但是语气依然很坚定。

"如果我一直挂念着她，去了也不会开心。"

"这样吧，你去，我保证，一旦有其他事，我立马告诉你。"他说。

"你保证?"

"保证。"他说。

那我就放心了。老爸总是言而有信。

"谢谢老爸。也许我应该现在就去看看她。"

"他们都还在保护区的那头。"他说,"马上就有人来接你了,我们都还没照个相呢。"

他说得没错。

"而且,你穿着这一身去那儿,身上的味道也不一样,可能会让大象很不适应,会吓跑他们的。"

我知道他说的吓跑大象只是在开玩笑,但是今天晚上,我一点也不希望闻起来有大象的味道。大象女孩不会去参加舞会,而我会。

浴室柜子后面收着一瓶很久以前的香水。我在很小的时候,问过老爸,他说,那是我妈妈的东西。我打开过盖子,还闻了闻。今天,我第一次拿它在身上喷了喷。我闻起来很香,有妈妈曾经的味道。

"好吧,我会去的,但是你保证,如果有什么事,一定要告诉我。我随身带着手机,也不会关机。"

"保证。有什么事我一定会告诉你。"

*　　*　　*

音乐声震天响，我连自己的话都听不清，更别说别人的话了。我希望把声音稍微关小一点，但是我又不想出头去做这件事。只有两个人跳舞——唐尼和多恩。他俩从幼儿园就开始约会了——反正已经很多年了——人人都觉得，总有一天他们会结婚，生两个娃，一个叫小唐尼，一个叫小多恩。其他人都没跳舞。男生们聚在舞池的一边，女生们则聚在另一边，没有一个人有勇气跨过中间的那道鸿沟。

"这体育馆看起来棒极了吧？"莉兹大声说。

我耸了耸肩："跟平时没什么两样，就是更吵、更暗了一些而已。"

"那些气球呀，飘带呀，横幅哇，看起来怎么样？"

我这才突然想起来，莉兹是舞会装饰委员会的负责人。"它们的确为舞会增添了不少气氛，"我大声回答她，"太好看了！"

一曲结束后，另一曲还没开始，中间是短暂的安静时刻。我觉得好多了。

虽然我没跟朋友们说起黛西·梅的事，但我脑子里却一个劲地想起她。我知道老爸不会食言。没有消息也是好事。

又一首歌曲响了起来，比上一首声音小多了。有人把音量调小了些，真是谢天谢地。

"你的裙子真漂亮！"史黛西大声说。

"你俩的裙子也很漂亮。"

史黛西的裙子通身金光闪闪，莉兹的裙子上有蓝色和绿色的花朵图案。她们都和我一样盘着头发。史黛西穿着很高的高跟鞋，正费劲地保持着平衡。有好几次，我都以为她要栽倒。

"大家看上去都成熟了很多。"莉兹说。

"是呀，至少女生们看上去都成熟了。"我说。

"没错，男生们看起来，嗯，还是小男生。"史黛西说。

有几个男生穿着体面的西装，但是大多数男生都缩在宽大的夹克里，大概是从父辈们那里借的吧。他们打着难看的领带，不少人穿着西装裤，却配了一双运动鞋。显然，西装和夹克比皮鞋更容易借到。

"听说你们家新来了一头大象，我还以为你今天晚上根本不会来呢。"史黛西说，"没想到你竟然来了，还穿了一身新衣服，做了个漂亮的发型。真是美若天仙。"

我耸了耸肩，觉得有些不好意思。

"你还化了妆。"莉兹说。

"一点点啦。"

乔伊斯帮我化的。其实，就是她给我化的。她刻意没有给我化得太浓，我得感谢她。她给我买了不少化妆品——口红、睫毛膏、粉底什么的——还用了些她的化妆品。她的东西涂抹到我身上，感觉有点不习惯，但是，也挺好。

"新来的那头大象怎么样？"史黛西问。

"他叫巴玛。我们正在跟他磨合，在他身上花了不少时间。"

老爸晚上还是睡在那个隔离区的水泥墙外，他不在的时候，我就坐在巴玛的边上，跟他说话。老爸拒绝了餐馆的调班，因为那些钱我们损失不起，而巴玛在康复期需要有人尽可能多的陪伴。

昨天，我独自在那儿静静地坐了好几个小时，巴玛向我走得更近了些。我把手伸过去递给他一个苹果。他走到近前，就在我以为他会把苹果拿走的时候，他却突然又退了回去。如此反复多次，一次比一次更近，然后又走开。最后，大概在第五次的时候，我们迎向对方，我伸出胳膊，他伸出鼻子，拿走了苹果。他的动作很轻。我没有跟老爸说起直接用手喂巴玛的事，怕他担心。

"嘿，仙女们。"布兰登向我们走了过来。他成为那个敢于跨过舞池中间那道鸿沟的男生，我一点都不感到意外。胆大和愚蠢只有一线之隔，他对自己的八面玲珑从不感到害臊。他讲话大声大气，跟其他男生一样让人讨厌，但是他绝不是那种心胸狭隘的人。他傻里傻气，但是没有坏心眼。

他想找个话头，但是音乐很吵，他很紧张，大家也没聊起来。他为什么紧张？我们从上幼儿园起就认识了呀。他穿着一身超大号的夹克，几乎看不到身体，只能看到汗珠顺着他的脸颊往下淌。而且，他还用了不少须后水。这几年他的确开始刮胡子了，他时刻都备着那些玩意儿。

"你今天大不一样啊！"他朝我大喊道，史黛西和莉兹都在一边看着他。

"遗憾的是，你还是老样子！"我脱口而出，并且几乎立刻意识到自己有点过分了。

"你说什么？"

幸好他没听到。

"没什么。"

"跳个舞吧。"

"和你吗？"我问。

"还能有谁？"

"你竟然会跳舞？"

他摇了摇头："不太会。你带我怎么样？"

我笑出声来。

"怎么样？"

我想起了乔伊斯的话。"如果你保证不踩到我的脚。"

"我不喜欢承诺做不到的事。来吧。"他向我伸出手，我接住了。他带我一直走到几乎空荡荡的舞池中央，直到我们站在唐尼和多恩身边。他环住我的腰，我们开始跳起舞来——好吧，其实是开始笨拙地挪动步子。

"我以为你不会来参加舞会呢。"他说。

"我也是。"

"什么让你改变了主意？"

"我觉得可能有机会跟你跳一曲。"我说。

他向后一退，眼睛瞪得大大的："真的？"

"当然不是，你这个蠢货。"

"哦，当然。"他有些结巴了。他很尴尬，我又一次觉得自己过分了。我怎么老是对他毫不留情呢？也许他不是唯一感到紧张的人。

我看到又有三对跳舞的人走进了舞池。可能是因为有我们站在那里，大家就觉得跳个舞也没什么。

"不过我很高兴你邀请我跳舞。"我说。

"我很高兴你同意了，你看上去真的很漂亮。我以前好像从来没见你穿过裙子。"

"你觉得我会穿什么？一身牛仔，加个棒球帽？"

"以前我经常看你穿成那样啊。"他停了一会儿，说，"其实，你是唯一一个戴棒球帽也很好看的女生。"

"嗯，好吧。"

"我说的是真的。"他说。

音乐停了，他还没停下他的脚步。

"这一曲完了。"

"哦，是的，不好意思。"他松开我，"要不，我们接下来再跳一曲吧？"

"那有点——"

我瞥见乔伊斯站在门口，旁边是我们的校长维克斯勒女士。老爸没有给我打电话，他让乔伊斯直接过来了。这说明一定出事了。是黛西·梅还是老爸？

* * *

"你能再开快点吗？"我焦急地说。

"除非我想把咱俩都带进沟里。"乔伊斯说。

"好吧，对，你说得对。"我深吸一口气，努力让自己平静下来，"谢谢你来接我。"

"你需要人载你回去，我也想亲自告诉你。"

"谢谢你第一时间告诉我，我老爸没事。"

"我知道你一直挂念着黛西·梅，但是你首先想到的还是你爸爸。"乔伊斯说。

"你怎么知道？"

"我自己深有体会。当一个人失去了双亲中的一个，再失去另一个，他就会成为孤儿。我知道那种感觉。"

"黛西·梅的情况到底怎样？"我问。

"我是个律师，你的问题没有问对人。"

"一定糟糕透了，否则老爸不会让你来接我。"她没说话，沉默本身就是答案。"跟我说说你知道的情况好吗？"

"莫根医生认为她可能会早产。"

"但是也没早产多少天哪。人类也经常有早产儿，我就是提前三周出生的早产儿。"

"我觉得可能不只是那些，"乔伊斯说，"莫根医生说她的血压很低，心率也有些让人担忧。"

"她的心率还是她孩子的心率？"

"我不知道。他们说得很快，又是医学术语，我可能没听清。其他大象都围在旁边，让人觉得有些不安。"

"他们围在你身边？"

"不只有我，还有莫根医生。尤其是特里克西，拼命要挤到我和黛西·梅中间来。"

我心里清楚，特里克西是想尽力保护黛西·梅，也许她知道小象马上就要出生了，她想保护小象。

"特里克西好像觉得只有你爸爸可以在那儿，其他任何人都不行。"

"那是有原因的。她把老爸当作象群的一员，知道他不会伤害黛西·梅。特里克西觉得他是来保护他们的。"我跟她解释道。

"你在他们眼中也一样吧，"她说，"你也是他们中的一员。"

"所以我得在那儿，我可以搭把手。"

"你能为早产的大象做什么？"乔伊斯问。

"不知道。"

"你不可能把他放进早产儿恒温箱，也没有特护病房那样的地方。呼，我不应该说这些。我可能太替他们担心了，脑子有点不大清醒。我的意思只有一个：小象要早产了。"

车前灯照亮了园区的围栏。快到入口处的时候，我从仪表盘处抓起遥控器，啪啪啪使劲按了几个按钮，打开了外面的那道大门。里面的门是敞开的，我们直接进去，然后我关上了外面的大门。

"我把你送到家门口，你去换身衣服吧。"乔伊斯说。

"直接把我送到他们那儿吧。"

"你的衣服，还有鞋子，都要毁了。"

"我可以光着脚，衣服不要紧。就把我送到——"

象群就在前面，老爸的车和莫根医生的面包车耀眼的前车灯照着他们。

"啊，看，她正躺着休息。"乔伊斯说。

"休息？你说——"话还没说完，我就看到群象腿间的黛西·梅。她躺倒在地上。

"她是要生产了吧?"乔伊斯说。

"大象是站着生的。"

"那是她,对吧?是她吧,躺在地上的那个?"

是她。大象以那种姿势躺在地上只有几个原因,绝大多数情况下都不是好事。

8

车还没停稳，我就跳了下去。我跑了几步，迅速踢掉了漂亮的鞋子。黛西·梅侧身躺倒在地上，几条腿伸向我这个方向，其他的大象围着她。贝加紧紧地贴着她，鼻子卷着妈妈的尾巴。老爸抬头看了看我，脸上表情复杂——难过、痛苦、担忧——让我害怕。

"她怎么了？快告诉我吧。"我恳求道。

"她不行了。"莫根医生说，"呼吸微弱而缓慢，心率波动得厉害。"

"肚子里的小象怎样？"乔伊斯问。

"他的心率也不稳定。"

"你能做点什么？"我问。

"我们已经给她喂了升压药，但呼吸是个大问题。"莫根医生说。

"她得站起来，至少得坐起来。"老爸说，"但是我们没办法帮她做到。"

"用牵引机行吗？我们可以在她背后推她……那样不行，是吗？"

"那样只会给她增加压力，恐怕还会引起内脏出血或者骨折。"莫根医生说。

"更不用说小象会怎样呢。"老爸补充道。

"她还有救吗？"

"不知道。"莫根医生说。

"小象还有救吗？"老爸问。

"只有救活黛西·梅，小象才有救。如果要实施紧急剖宫产，一来我没有操作过，二来也没有那些设备。"

"那我们该怎么办？"我问。

"等等看吧，但愿她能活下来，也许我们还可以为她祈祷。"老爸说。

我从老爸和莫根医生身边走开，绕到黛西·梅的脑袋跟前。从贝加身边走过的时候，我说了句安慰他的话，并拍了拍他。我一步步走向黛西·梅，她的目光也紧紧追随着我。

"我知道你很害怕。"我在她耳边低语道，"我也很害怕。"

她的耳朵轻轻地扇了扇，仿佛告诉我她不仅听到了，还听懂了。

"我们都在这儿。我们会尽一切努力帮你和你的孩子。"

我想告诉她会挺过去的，但我不知道会不会，我不愿意对她撒谎。我紧紧地贴着她，脑袋靠在她耳朵边。我伸手在她耳朵后面那个敏感的地方挠了挠。我唯一能做的就是这个了。

*　　*　　*

我猛地睁开双眼，却感觉周围一片混沌。汽车喇叭声刺耳地响着，我睡在露天的地上，还穿着昨天的那条裙子。太阳刚刚从地平线上升起。昨晚的事就像一场噩梦，我猛地想起来，那比噩梦还要糟糕，那是一场梦魇。我在房子边上，大象们围着我。黛西·梅依然躺着，老爸和莫根医生站在她身边。

我站了起来，裙子被晨露打湿了。

喇叭声还在远处回荡，悠长而响亮。

也不知道是谁，那么执着。

"她怎么样了？"我问。

莫根医生摇了摇头。

"她……难道……"

"她还活着，但是生命垂危。"老爸说。

"无计可施了吗?"

"她至少需要一个安静的环境。"老爸说,"我到大门口去,告诉游客,管他们是谁,叫他们离开——"

"我去吧。"我说,"我来处理。"

我不想让老爸去,我不敢保证他去了不发脾气。我很少看他发火,他也从没对我发过火,但是他个头很大,生起气来样子会很吓人。

经过老爸的车时,我伸手从车内遮阳板后面抓起大门的遥控器。我一路跑过去,尖利的石头和树枝刺痛了我赤裸的双脚。我疼得龇牙咧嘴,但没有放慢脚步。在老爸决定亲自过来赶走游客之前,我得让那些吵闹的人安静下来,并把他们打发走。

我跑到大门口,按下按钮。大门开始缓缓滑开,我刹住自己的脚步。一名女子和一名男子站在一辆皮卡前:女子身材矮小,有一头浓密的红头发;男子则高得多,也瘦得多,皮肤很黑,像是晒黑的一样。尽管情况紧急,我还是不由得觉得他长得像电视剧里的某个人物。皮卡后面是一辆亮闪闪的银色大拖车。

"关门了!"我大声喊道,"回去吧!"

"你没搞清楚状况!"女子大声说,"我们是来帮忙的!"

"帮什么忙?"

"我们是兽医。"男子说。

我这才注意到他俩都穿着白大褂。

"你们是怎么——"管它是怎么、为什么,生死攸关,别的都不重要了。"请走这边,跟我来。"

他们钻进车里,车子立即开动了。等他们过了大门,我又按下按钮,关上大门。车子从我身边开过,他们不需要我指引——大象所在的位置一目了然。他们开走后,我在那辆长长的亮闪闪的银色拖车上看到了自己的身影。我都忘了我还穿着昨晚的裙子。

有那么一瞬间,我觉得自己应该跑回屋去换一身衣服。一分钟就好。

也许黛西·梅剩下的时间连一分钟都不到了。

我跟在车子后面狂奔,两个新来的兽医从车里下来时,我已经跑到了特里克西身边。老爸和莫根医生向皮卡走来,老爸看上去心烦意乱,怒气冲冲。

"你俩谁是格雷先生?"女子问。

"我。我叫杰克·格雷。"

"我是多克·莫根医生,一名兽医。"

"我是格蕾丝医生,他是特瓦瑞斯医生。我们也都是兽医。"

"我们是圣柏拉图动物园的兽医,"特瓦瑞斯医生说,"也是大型动物专家。"

"有人派我们来帮你们救治那头大象。"格蕾丝医生接着说。

"谁派你们来的?"老爸问。

"我猜是你们这个保护区的人联系了我们。"格蕾丝医生答道。

"我们没给谁打过电话呀——想起来了! 我的确给我们的赞助人发过一封电子邮件。应该就是这封邮件了,真没想到!"老爸说。

"我们接到了一个紧急请求——"特瓦瑞斯医生说。

格蕾丝医生插了一句:"事实上,是动物园园长的命令。"

"对,有人把我们从睡梦中叫了起来,说有紧急情况。"特瓦瑞斯医生说。

"天还没亮我们就赶来了。"格蕾丝医生看起来有些不太高兴,"莫根医生,麻烦您跟我们说说最新的情况吧。"

莫根医生说了很多我听不懂的医学术语。如果我事先不知道发生了什么,那完全就是在听天书。

"情况很严重啊。"特瓦瑞斯医生说。

"我们来得虽然及时,但如果不马上采取措施,也可能于事无补。"格蕾丝医生说。

"采取什么措施?"莫根医生问,"你们准备怎么做?"

"需要做个剖宫产手术。"格蕾丝医生说。

特瓦瑞斯医生点了点头，表示赞同。

"如果她是一头奶牛，我早就动手了。"莫根医生说，"但是要给一头大象做手术，我既没有相应的设备也没有相关的经验哪。"

"我们带着设备呢。"格蕾丝医生立刻说。

"但是需要手术室里所有的设备呀。"莫根医生说。

"我们的拖车就是一个移动的手术室。"

"那可是一头大象。"

"格蕾丝医生和我给大象做过很多次手术了。"特瓦瑞斯医生说。

"还有河马、麝牛、一头脾气特别暴躁的犀牛。"格蕾丝医生补了一句。"就像我的同事说的，治疗大型动物是我们的专长。"

"那你们也给大象做过剖宫产？"我问。

格蕾丝医生摇了摇头："那种情况很罕见。"

"但是你们知道怎么做，对吗？"我问。

他俩都点了点头，但看上去都没有太大把握。

"这个手术有多大风险？"老爸问。

"很大，"特瓦瑞斯医生说，"非常大。"

老爸转向莫根医生："你觉得呢？"

"我不了解这方面的风险因素，我既没有经验，也没有专业知识。我唯一知道的确定性因素就是，如果不马上采取行动，黛西·梅和她的孩子就都保不住了。"

"所以没有什么选择了。"老爸说，"这是救活他们的唯一希望。"

"很不幸，并不是，"格蕾丝医生说，"我们不可能救活他们两个。"

"我们得牺牲母象以保住小象。"特瓦瑞斯医生解释道。

"但是给人类做剖宫产，妈妈和孩子不是都可以活下来吗？"我问。

"她可不能跟人比。她是一头大象，奄奄一息，在这么一个敞开的空间里，完全依靠一个移动的手术室。"格蕾丝医生说。

"真的没办法救黛西·梅了？"老爸问。

"抱歉。"特瓦瑞斯医生说，"如果有别的办法，我们早就尽力了，真的没有。我们能做的，就是尽力救活小象。"

"我们甚至不能保证救活小象。"格蕾丝医生又补了一句。

"多浪费一秒钟，救活小象的希望就失去一点。我们该怎么做？得到你的允许再做这个手术吗？"特瓦瑞斯医生问老爸。

"你说呢？"老爸问莫根医生。

"他们说得有道理。"

老爸转向我说："萨曼莎，如果有别的办法，我们一定尽力而为。"

"我明白。"我说。至少，我心里是明白的。

他点了点头："格蕾丝医生，特瓦瑞斯医生，我同意你们做。"

"我来准备手术器材。"特瓦瑞斯医生说完就向拖车走去。

"我们得做个初步检查，但是这个地方得先清理干净才行。"格蕾丝医生说。

"你希望我们离开？"我问。

"我们希望其他大象不要待在这里。"

"他们想留下来。"老爸说。

"他们想待在这里安慰她，照顾她。"我说，"他们是一家人。"

"就算是给人做手术，也不允许家庭成员待在手术室里，"格蕾丝医生回答道，"更别说那些可能会在医生做手术时砸场子的成员了。"

"她说得对。"莫根医生表示赞同，"谁也不知道他们看到医生给黛西·梅做手术时会做出什么样的反应。"

"我们不能受到他们的干扰。如果手术过程被干扰，小象很可能救不活。"格蕾丝医生说。

他们说的每句话都有道理，但是我怎么跟那些大象解释呢？怎么说服他们让他们离开呢？放弃一个在痛苦中挣扎的同伴，这有悖于他们的本性，有悖于他们的群体意识，也有悖于他们的社会结构。

"我们的车里有一些赶牛用的电棍。"格蕾丝医生说。

"什么？"

"带电的棍子，用来驱赶大型动物。"

"我们这儿不用那些玩意儿。"老爸毫不客气地说。

"那你们怎么把他们赶走？"她问。

"我们会把他们弄走的。你们把器材准备好吧。"

格蕾丝医生和莫根医生向拖车走去。

"我们怎么做呢？"我问老爸。

"不知道。也许我可以说服他们，他们做手术的时候，象群可以留在这里，我们可以让象群保持安静。你和象群留在这儿，我去去就回。"说完，他向皮卡和拖车的方向跑去。

我突然感到害怕，不是为我自己，而是为黛西·梅。手术很快就要开始了。绝望的医生们试图挽救她的孩子，而她很快就会没命了。她应该知道这些。无论如何，我也得让她知道，就算别的大象都走开了，我也会陪在她身边。无论发生什么，她的孩子将会安然无恙，受到呵护。

我绕到她的脑袋附近，发现我能看到的那只眼睛紧闭着。已经来不及了吗？难道她已经——

那只眼睛睁开了。她径直看向我，温柔而深情的棕色眼睛凝视着我。我原以为她会惊慌失措或者向我哀求，没想到她却如此平静。

"我在这儿呢，黛西·梅。我陪着你。"

她听见我的话，耳朵微微颤动了一下。

"接下来我们要救你的孩子。我知道，如果你能自己做决定，这也是你要做的决定。你一直是一个好妈妈。"

我扭头看了看贝加，他依然拽着妈妈的尾巴。妈妈摔倒在地之前他就抓着她的尾巴，中间虽然挪动了一点，却一直没有松开过。我意识到他也是一个需要照顾的孩子。对他而言，以后的日子会更加难熬。他知道自己的妈妈是谁，而那个还没出世的孩子将永远也不会知道了。

我突然意识到，这种情形一如当年我和我的妈妈：我拉着她，依依不舍，她看着我，无能为力。

"我会照顾好你的孩子，你的两个孩子。"我在她耳边轻声说，"我保证。"

她眨了眨眼睛，我从她的神情中看到了什么，好像她不仅理解我的意思，还试图给我安慰。她在尽力安慰我。

"时间不多了，"格蕾丝医生从我身后冒出来，"得把象群赶走。"

"我老爸没有跟你说吗？"

"他还在劝说特瓦瑞斯医生让象群留下来，但是如果不能保证我们不被打扰或者不受到伤害，我不会做手术。"

她开始给黛西·梅做检查，拿着听诊器在她身上来回移动。

"我不会走太远，"我对黛西·梅说，"我得跟其他大象交代交代。"

我站起身，向特里克西走去。"我们需要你带着象群走开。"我对她说。

她看着我，一动不动，一声不吭。我还能指望她做出什么别的反应？

"我要留下来陪黛西·梅，但是你得带着象群离开。"

"你说什么？"格蕾丝医生问。

"我在和特里克西交代事情。"

"她听不懂你在说什么吧？"

"她知道情况很糟糕。"我说。

"当然，在某种程度上，她知道。"

"她什么都知道。特里克西是领头象，她就算听不懂所有的话，也能理解现在的情形。"

"你千万别把人类的特性安到大象身上。"格蕾丝医生语气坚定地说。

"我才不会。他们比人类强多了。"

　　格蕾丝医生笑了："我同意。如果她真的明白你在说什么，她会把象群带走，我们就能开始手术了。"

　　"我老爸做得到。"

　　也许在老爸回来之前，我能做点什么。

　　我走到特里克西身边。她伸出鼻子，碰了碰我的脸。她在和我交流，我想，她也在试着安慰我吧。

　　"我得留下来，但是你们得走开……你们需要……水。"我说。也许她什么都没听懂，但是她知道那个词，大象们的确需要喝点水。自从黛西·梅倒下后，没有一头大象离开过。他们已经有 10 来个小时没喝水了。

　　"喝水！去喝水！"我对她说。

　　其余的大象都听到了。蒂尼和赛琳娜扭过头来，想弄明白我在说什么。雷娜使劲扇动着她的两只耳朵。他们都看着我，聚精会神地听着，听我说，听其他人说。突然，一阵喧闹，他们好像开始交谈什么。

　　"到水塘那儿，去喝水！"我大喊。

　　拉亚不用我再多费口舌，已经向那边走了几步，但又突然停了下来，转过身，望着特里克西。他想喝水，但是如果没有得到特里克西的允许，没有她领头，或者没有她跟着，他不会去。特里克西是核心。只要特里克西带着他们离开，他们就会离开。

"特里克西，你得带着他们去喝水。"我把她的鼻子轻轻地放在我手里，轻轻拉了拉。她没有反抗，先是看了看我，又看了看黛西·梅，然后又看了看我。她点了点头，也许是我的幻觉，可能她只是伸了下脑袋又缩了回去，但是我不这样认为。她就是理解了我的意思。

我放开她的鼻子，她迈开了腿，向水塘走去，其他大象也都开始行动。拉亚本来就在队伍的前面，现在开始小跑起来。哈蒂和甘尼许跑着跟了上去。他们带动了其他大象，所有的大象都开始快跑起来。

"他们好像听懂了。"我大声说道，好让格蕾丝医生能听见。

"那并不表明他们会离开。"她说。她用手指了指，我转过身去看。

大象们停止向前跑了，他们正回头看着我们。

"走吧，去喝水！"我大喊道。

"那头大的在往回走。"格蕾丝医生说。

特里克西向我们小跑过来。

她朝黛西·梅跑来，贝加还在黛西·梅的身边，他还紧紧地抓着妈妈的尾巴。由于他被黛西·梅的肚子挡住了，我都没注意到他。

特里克西来到贝加身边，低下头，用她的前额贴着贝加的前额，叽叽咕咕地叫唤起来。我想她是在跟贝加谈着什么，解释着什么吧，但是贝加听不懂。他太小了，又害怕得要命，担心着自己的妈妈。

特里克西轻轻地靠近贝加，斜着朝贝加拱去，直到他松开黛西·梅的尾巴。特里克西走进挤出来的那点地方，夹在贝加和妈妈之间。贝加拼命想绕过这头身材魁梧的大象，紧贴着妈妈，但是都被特里克西挡住了。特里克西又一次低下头，用她的头贴着贝加的头，试图和他交流。特里克西发出一声声低沉的嗡嗡声，贝加啾啾地叫着回应。

最后，特里克西转过身，贝加伸出鼻子，抓住了特里克西的尾巴。特里克西向前走去，贝加跟在她的身后。他们走到那群依然站在原地等待着的大象身边，然后特里克西领着他们一路向水塘走去。

"你还有什么想说的吗？"我问格蕾丝医生。

"如果不是亲眼所见……"

"快救小象吧，我们就指望你了，黛西·梅也指望着你呢。"

9

我紧靠着黛西·梅坐着。几位兽医、老爸还有乔伊斯都想方设法叫我离开，我做不到。我在她耳边找了个地方，坐下来，这样我就可以一边跟她说话，一边看着远处。我守在那儿——我得守在那儿——却不忍回头看。他们给黛西·梅打了一针，让她睡着了。我记得有一次说起巴玛的时候，莫根医生说过，最后丧失的感觉是听觉。所以我想，她即使昏迷了，还是能听到我说话的。

如果象群从水塘那边回来，我一眼就能看到。现在他们还没出现，万一他们回来，我得截住他们，不让他们靠近。这是一场高难度的手术，我知道，如果象群围在那里，也许会发生误解或者冲突，手术就做不下去了。

我没有目睹手术的过程，但那并不代表我听不见。医生们的低声交谈声，手术刀划开皮肉的声音——我听见他们切开黛西·梅的身体。我更大声地跟她说话，试着转移自己的注意力，我要让她知道她并非孤苦无依。任何人在临终的时候都不应该孤苦无依——我猜她临终的时刻已经到来了吧？我听不见她呼吸的声音，她的眼睛也闭上了，我也感觉不到她的气息了。她已经走了？

"看到他了！"莫根医生大声说。

我鼓起勇气扭过身去看。黛西·梅的整个肚子已经被切开了，血流得到处都是。两个医生几乎钻进了切开的口子里，他们的胳膊和上身几乎看不见了。

"我们需要帮忙！"格蕾丝医生喊道。

老爸一直在一边站着，闻言赶紧冲了过去。他蹲下身时一脸紧张，等他站起来的时候，只见他怀里抱着一个湿乎乎的棕色的东西——他抱的是一头小象！

"他没有呼吸！"老爸喊道。

"吸引器，把吸引器给我！"特瓦瑞斯医生说。

格蕾丝医生拿着一根长管，这个看起来像个吸尘器的机器，就是货真价实的吸引器。她拿着吸引器在小象的嘴边来回移动，吸走了小象嘴边的黏液，又吸走了小象鼻子里的黏液。小象一下子有了动静，他伸了伸腿，甩了甩鼻子，然后发出了声音——与其说发出了声音，倒不如说发出了一种震颤。震颤声逐渐大了些，接着是软软的一声哼哼，正式宣示着这个小家伙来到了这个世界：他还活着。

我站起身，两腿几乎撑不住自己的身体，不仅仅是因为我坐得太久，两腿麻木抽筋，还因为我被眼前的一幕惊呆了：黛西·梅躺在那里，伤口大开，血流遍地。我不忍心多看一眼，只有脑子里想点更重要的事才能集中注意力。

我盯着前面，走了几步，又走了几步，走到老爸和小象身边。棕色的小象浑身湿乎乎的，脑袋上有一圈红毛，两只小耳朵紧贴着脑袋。他的眼睛还没睁开，虽然他只是一头刚出生的小象，个头却比我大多了，占据了老爸的整个怀抱。我觉得他一定很沉吧。我伸出手，摸了摸他。

"我得把他放下来。"老爸说。

他慢慢地、小心翼翼地让小象的双脚着地。他的腿好像软得直不起来，但是在老爸双臂的支撑下，终于站住了。

莫根医生把听诊器放到小象的身上，说："他在呼吸，心跳有力。"

"太好了。他不会有事了，对吧？"老爸问。

"我以前没见过刚出生的小象。"莫根医生说，"贝加出生时，在我赶到这儿之前，他已经站起来四处走动了。"他转身对另外两个兽医说。

"我见过，但是没见过早产这么多天的。他早产了多长时间?"格蕾丝医生问。

"大概三周半。"老爸答道。

"怪不得他看起来那么——嗯，不一样。"格蕾丝医生说。

"我觉得他很好看。"我说，"他是个女孩还是个男孩?"

"是个女孩。"老爸说，"一个漂亮的女孩。"

"是女孩，没错。"格蕾丝医生说，"漂不漂亮我就不知道了。她是一头样子很奇怪的小象。"

"好啦，这又不是选美大赛。"特瓦瑞斯医生说，"综合来看，我觉得她身体状况还不错。"

小象现在已经自己站着了，不过老爸还是用自己的胳膊支撑着她。她甩动着鼻子，眼睛半睁着，看着我，或者说试着看我。我不知道她的眼睛能不能聚焦。

"我觉得还有一个问题。"老爸转向我说，"我们叫她什么呢? 萨曼莎，你觉得她应该叫什么?"

"你希望我给她取个名字?"

"对，你给贝加取的名字就很好。她的名字你想好了吗?"

"我得先熟悉熟悉她，然后给她想个好名字。"

*　　*　　*

老爸再次抱起小象，把她放进宽敞明亮的拖车。医生们猜她大概有 90 公斤，这么重，老爸竟然还抱得动。他性情温柔，以至于有时候我会忘记他有多么魁梧健壮。当他站在一些人身边的时候——尤其是像乔伊斯那样娇小的人身边的时候——我才会意识到他的高大。就像此时此刻，他比三位医生中的两位都高出一头，比特瓦瑞斯也高一些。

一进拖车，医生们就拿一根小软管给她冲洗，再给她吹干。他们用的是特制的高温灯，我在旁边用一条毛巾帮她擦干。通常情况下，都是母象把刚出生的小象舔干，现在得由我们来操持了。大大小小的事都得由我们来操持了。

大家给小象称了体重，80公斤，又给她量了身高，从脚到肩高约1米。老爸说贝加出生的时候略大一些，但是医生们说，对一个早产儿来说，这些数据已经不错了。

每过一会儿，她就站得更稳，看上去更结实一些。现在她已经可以自己稳稳地站住，而不会有栽倒的危险了，眼睛也完全睁开了。她不停地扭动脑袋，甩甩鼻子，试着弄清楚周围的状况。我不知道她是不是在找妈妈。

莫根医生、乔伊斯还有老爸给她冲奶粉去了，这里只剩下我和两位医生。

"你们觉得她情况怎样？"我问。

"非常好。"特瓦瑞斯医生说。

"所有的生命体征都正常。"格蕾丝医生说，"心跳有力，呼吸通畅。"

"早产和难产的幼崽都会面临一些风险。"特瓦瑞斯医生说。

"我以前从没见过身上长这么多毛的小象。"格蕾丝医生说。这头刚出生的小象的确有很多毛。和她比起来，贝加刚出生的时候几乎算光溜溜的了。"人类的婴儿刚出生时，也是有的头发多有的头发少吧？"

"你说得有道理。"特瓦瑞斯医生表示同意，"我的一个侄女出生时浑身是毛，不过没几周就都掉了。"

"她的毛发好长啊，好像穿了件羊毛衫。"格蕾丝医生说。

我笑出了声，说："就是它了！"

"就是什么？"

"她的名字，就叫她毛毛吧。"

"名符其实。"特瓦瑞斯医生说。格蕾丝医生也点头表示赞同。

"你好呀，小象毛毛，欢迎你的到来。"我说。

"既然已经给她取了个名字，那就一定要让她在这里活下去呀。"特瓦瑞斯医生说。

我感到一阵恐惧。"你说过她的情况不错，对吧？"

"目前情况还不错，但是要判断她是否因缺氧而脑损伤，现在为时过早。只有时间能说明一切。"

我看着毛毛的眼睛，它们清澈明亮，眸子深处闪着智慧的光。她似乎能读懂我的心思，竟然伸出鼻子，在我的脸上蹭来蹭去。

"她不会有事的。"我说。

"我还不敢打包票，我只知道她看起来很喜欢你。"格蕾丝医生对我说。

我站在那儿，毛毛把我的左手放进了她的嘴里，开始吮吸起来。

"她在试着吸奶。"特瓦瑞斯医生说，"她有吮吸反应，这是另一个好兆头。"

"但是如果我们什么都没有喂给她，吸也没有用啊。"格蕾丝医生反驳道。为什么她总是要给每一件好事添上一抹消极的色彩呢?

"我去弄奶粉，很快就回来。"我说。

"大象奶粉的配方可复杂了，你可不能直接给她喝奶牛的奶。"格蕾丝医生说。

"奶牛和大象的区别，我们还是知道的。"我不无讥讽地回了一句，说完就后悔了。毛毛能活着来到这个世界，格蕾丝医生功不可没。

"不好意思，我并不是说你不懂。"她说，"刚出生的小象只能吸收某些蛋白质和营养成分。只给他们喂奶粉可能不够，他们必须能够分解和吸收这些东西才行。"

"要知道，我老爸把一头被抛弃的小象都养活了。"

"我们不知道这事。"格蕾丝医生说。

"是刚出生的吗?"特瓦瑞斯医生问。

"那是我出生之前的事，我老爸照顾的。"还有我妈妈，那时候我还没有出生。"她就在那儿，哈蒂。她来这里的时候只有 3 个月大，那时她喝的奶粉跟我老爸现在去弄的一样。"

"动物园、专业兽医和营养学家们都在苦苦调制合适的配方呢。"格蕾丝医生说。

"我们不用，大象会告诉我们怎么配。"

两位医生好奇地看着我。

"玩笑，玩笑而已。老爸联系了内罗毕一家收养孤儿大象的保护区，他们告诉了他配方。"

"那些都是非洲大象吧?"

"那配方以前都挺管用的，难道现在就不管用了吗?"我问。

他们两个面面相觑，耸了耸肩。

"顺便问一句，你总是穿着舞会礼服迎接小象的出生吗?"格蕾丝医生问。

如果不是她提起，我都忘了我还穿着那身衣服。

我低头看了看裙子，上面沾了各种土哇，泥呀还有小象的胎衣什么的，但是那些金色的亮片还是亮闪闪的。这条裙子已经没法穿了。

"这事发生的时候，我正在参加八年级的毕业舞会，没来得及换衣服。"

"你现在可以去换了。"特瓦瑞斯医生建议道。

"不用。我还得在这儿搭把手。"

毛毛一直吮吸着我的手。很明显她饿了，我们得快点给她弄些吃的。

恰好在这个时候，老爸拿着一大瓶青白色的看上去像牛奶一样的东西回来了，旁边跟着莫根医生和乔伊斯。

"已经摇匀了，可以喝了。"老爸说。

"温度跟大象的体温差不多。"莫根医生说，"36.5 摄氏度。"

"她怎么样?"老爸问。

"挺好的，萨慕已经为她想好名字了。"特瓦瑞斯医生说。

"叫什么?"

"毛毛。"我郑重其事地说。

"好名字!"乔伊斯说。

"现在毛毛该吃东西了。"老爸说着，把奶瓶递给我。

"我来喂她?"

他指了指我的手，我的手整个都被毛毛含在嘴里。"她都已经找你喂了，那就正式开始吧。"

我把手从她嘴里抽出来，听到啵的一声吮吸声。我赶紧双手拿起奶瓶。

"见证真相的时刻到了。"特瓦瑞斯医生说。

"如果不行，我们得用管子喂。"格蕾丝医生说。

"用什么?"我问。

"管子，一根软管，把它插进小象的嘴里，顺着喉咙，一直伸到胃里，让这些液体通过这个管子注入胃里。"她解释说。

我不禁一阵反胃。一定要让奶瓶发挥作用。

我把奶瓶送到毛毛嘴边，她用鼻子闻了闻。我把瓶子放低些，想把奶嘴塞到她嘴里，但是她却想把我的手含到嘴里。

"加油，小姑娘，你能做到。"老爸说。

"你是在说我还是在说毛毛?"我问。

"你们俩。我对你俩都有信心。"

我抽出手，手心向上。我把奶瓶递给老爸，说:"往我手心里挤点奶吧。"

他在我手心里滴了些奶，形成了一个小水窝。

我把淌着配方奶的手塞进毛毛的嘴里。她又开始吮吸起来。

"这个办法好。"老爸说，"我拿着奶瓶，以合适的角度让配方奶顺着你的手腕流到你手上，再流进她的嘴里。"

老爸把奶嘴抵在我的手腕处，就在毛毛的嘴边。奶流了下去，有一小部分滴到了拖车的地板上，但是大部分都流进了毛毛的嘴里。

"行得通吗?"特瓦瑞斯医生问。

"百分百行得通。"老爸说。

我稍稍把手往外抽了抽,这样我可以看到自己的手掌边。老爸明白了,他把奶瓶放低了些,让奶嘴刚好挨到我的手。他挤了挤奶瓶,一股奶顺着我的掌心,流进了毛毛的嘴里。我能感觉到她吸得越来越有劲了。

"这样好一些。"格蕾丝医生说。

"我们还有更好的办法。"老爸说。

老爸移动了一下奶瓶,把奶嘴直接放进了毛毛的嘴里。我的手几乎全部都抽出来了,只有手指头还在她的嘴里。毛毛呛咳了一下,奶水从她嘴里流了出来。

"我挤得太猛了。"老爸说,"萨曼莎,你能拿着奶瓶吗?"

"我来试试。"

奶瓶在我左手的手腕处,我只好用右手握着奶嘴的边缘。我能感觉到她吮吸着我的手指,瓶子里的液体在慢慢变少,开始泛起泡沫。

"我觉得应该再给她配一瓶。"乔伊斯建议道。

"你们最好多配一些,她每天差不多要喝七八升呢。我可以帮忙。"莫根医生说。他从拖车钻了出去,又站住了。"象群回来了。"他说。

其他人都站起来往外看。我也想看一眼，却动不了。"他们在干什么？"我问。

"他们围着那头死了的大象。"格蕾丝医生说。

"她叫黛西·梅。"老爸说。

"对不起，我并没有别的意思。对，他们正围着黛西·梅。"她说，"他们在查看尸体。"

"他们不仅是在查看尸体，"老爸说，"还在为失去家庭成员而悲痛，在跟她告别。"

10

"你能把她引到秤台那儿吗?"格蕾丝医生问。

我朝秤台走去,毛毛自发地跟在我身后。我的双腿和后背都酸痛得要命。我一直蹲在拖车里,喂了她 3 个小时,胳膊上全是黏糊糊的配方奶,膝盖周围也湿了一大片,奶水都滴在那里了。就算穿着这身裙子在泥里打个滚也不会比现在更脏了。而且,毛毛还把我的脚全尿湿了。格蕾丝医生说那是个好兆头,说明她的泌尿系统在工作。

留在拖车里的只有毛毛、格蕾丝医生和我了。其他人吃早餐的吃早餐,换洗的换洗去了。我还不饿,也不想换洗。而且,哪怕我只是起身去拿另一瓶奶,毛毛都会焦躁不安。

"把她弄到秤台上。"格蕾丝医生说。

我只是稍稍推了一下,毛毛就上了秤台。

"85.7公斤。"她说。

"不太对呀，她一下子长了近6公斤。"

"你给她喝了两加仑的配方奶，每加仑差不多4公斤，差不多就是那个数。"

我们喂到她不想再喝为止。一般她要喝下二十一瓶奶才罢休。我给她喂了十几瓶，直到胳膊累得抬不动了，其他人又接着轮流喂，每人再给她喂两三瓶。看着她喝奶会觉得不可思议，亲手喂她喝，会觉得更不可思议。

"我能问你一个问题吗?"格蕾丝医生问。

"问吧。"

"你们的赞助人——那个腰缠万贯、财大气粗、让我们带着设备来接生的人——到底是谁呢?"

"我也不知道。我甚至都不知道对方是男是女还是一个公司。这一切都是在网上进行的。我不知道老爸是不是给谁打过电话。"

"那就奇怪了。"

"管他是谁，反正我觉得只要那些人喜欢大象，希望大象越来越多，我就喜欢他们。他们希望这里的三头大象都能怀孕。"我说。

"你们这里还有另外两头大象也怀孕了?"格蕾丝医生似乎忧心忡忡。

"另外两头没足月就流产了。"我说。

"第三头也没足月。"她刚说完,随即为自己的话感到有些后悔,"对不起。"

"同样的事发生在三头大象身上,是不是有些反常?"

"人们对大象妊娠的研究已经有很多年了,但获得的认识有限。当然,我们知道大象的妊娠期是 22 个月,但是不知道成功率是多少。也许每头大象怀孕三到四次中只有一次能怀到足月,其他几次在怀孕早期就流产了。我们还没弄清楚。"她停了一会儿又说,"我很抱歉,真的很抱歉,没能挽救那头母象。"

"我知道你已经尽力了。黛西·梅是一头很棒的大象,她一直是个好妈妈。"

"毛毛会让你的生活变得千头万绪,她需要无微不至的照顾和持续不断的喂养。"格蕾丝医生说。

"我暑假就待在家里,老爸不去上班的时候也在家,我们还有很多志愿者帮忙。"

"你们需要帮忙的地方还多着呢。你们的赞助人还会派更多的人来吗?"

"不知道,但是不管怎样,我们都会做好这件事的。"我说。

"我相信你们能做好,但是对方显然财力雄厚,所以,如果你们需要，也许会得到更多帮助。派我们到这儿来可得花不少钱呢，更不用说给大象人工授精的费用了。"

还有一笔钱投到了这个保护区，我们靠它才能维持生计。格蕾丝医生不知道这些，我也不打算告诉她。

"我准备去弄点吃的。"她说，"你一人在这儿可以吗？"

"我不是一个人，这儿还有一头小象。"

格蕾丝医生离开了。

"你永远都不会孤单一人，"我跟毛毛说，"我会经常陪着你，还有一群大象呢，他们也会陪着你。"

那群大象怎么样了？

我走出拖车，毛毛跟在我身后。一直走到能看到黛西·梅的地方，我才停了下来。如我所料，象群还围在她身边。几个小时前，他们喝完水回来后，就一直没有离开黛西·梅的尸体周围。花生去世的时候也是这种情形。他们用鼻子碰碰黛西·梅，又用脑袋顶着她，想要挪动她。

贝加站在那里一动不动，鼻子一直卷着黛西·梅的尾巴。我的心都要碎了。他已经长大了，几乎断奶了，只是有时候还会从妈妈那里吸点奶水。以后再也不可能这样了。

特里克西把脑袋和鼻子抬得更高了些。她四处看了看，把脑袋歪向一边，看着我和毛毛，然后向我们这边走过来，象群跟在她身后，只有贝加依然紧紧地攥着妈妈的尾巴。

我突然有一种莫名的冲动，想要抱起毛毛回到拖车里——把她藏起来，不让那些大象看到她——但这么做其实没有任何意义，一方面这里无处可藏，另一方面，我也没有必要把她和她的家人分开。事实上，他们是来保护她的。

象群离我们更近了，这下毛毛自己决定躲起来。她躲在我身后，脑袋藏在我屁股后面，像一个小孩子一样，闭着眼睛，心想如果她看不见他们，那么他们也看不见她。

特里克西径直停在了我面前，其他的大象站得稍远些。他们有意让特里克西第一个见到小象以便探探情况？

远远望去，老爸和其他几个人从房子里走了出来，他们站在一个相对安全又刚好能够看到我们的地方：我、毛毛、特里克西。

我得说点什么："特里克西，这是毛毛，她是黛西·梅的孩子。"

特里克西稍稍向前动了动，伸出鼻子。

我以为她要触摸小象，谁知她竟然用鼻子碰了碰我的脸，又摸了摸我的头发。她在安慰我。我知道她的心思，并且满怀感激。我需要她的触摸。

毛毛动了动，轻轻地甩了甩鼻子。几乎是巧合，两只鼻子碰到了一起，但是毛毛却把鼻子缩了回去。特里克西也缩了回去，她轻轻地把我推到一边，这下我站在了毛毛旁边，不再挡着毛毛。特里克西用鼻子在毛毛这头新生的小象身上摸了又摸，嗅了又嗅。她凭气味就能判断毛毛是黛西·梅的后代。

"是的，她是黛西·梅的孩子，现在她属于象群了。"我说。

特里克西低下头，和这头新生的小象四目相对，发出叽叽咕咕的一阵低鸣。毛毛没有回应。

其他大象也发出了声音。他们在和小象打招呼还是请求走近点？

老爸觉得他不用得到谁的允许，径直走了过来，其他人还远远地站在原地。老爸在特里克西身边站住了，他俩看上去真般配，一个身为大象，是女族长，一个身为人类，是男族长，一起检查他们这个群体中的新生儿。

"接下来会怎样？"我问老爸。

"无论怎样，顺其自然。"

老爸的到来似乎给其他大象发出了信号，表明他们也可以走得更近些。于是，大象一头接一头地走了过来，隔着一个安全缓冲区的距离，围住了我们。象群把我们围了起来，像为我们筑起了一道保护墙。我相信野外的大象也是这么做的，把新生儿围在中间，不让老虎等靠近。

雷娜是第二年长的母象，她第一个冲破了那个安全距离，向前走了几步，目光从毛毛转向特里克西，又转到老爸身上。她对新生的小象十分好奇，想要得到特里克西和老爸的准许和同意。她看到他们没有表示反对，于是径直走到毛毛身边。毛毛又躲到了我身后，用鼻子抓住我的手，不过这一次她没有藏起自己的脸。雷娜伸出鼻子，毛毛松开我的手，两只鼻子碰到了一起。雷娜像特里克西刚才那样叽叽咕咕地发出了一阵低鸣。

我以为第三年长的母象赛琳娜会接着走过来，谁知拉亚却抢先一步。毛毛迎上前去，跟拉亚也碰了碰鼻子。她不那么害怕拉亚，是因为拉亚已经是她接触过的第三头大象了吗？还是因为拉亚没有前两头大象的个头大？不管怎样，毛毛这一次似乎不那么害怕了。

象群的其他成员也都凑了上来，直到他们近到抬起鼻子就能触摸到毛毛。每头大象都很温柔，我希望毛毛感觉自己是安全的、受到保护的。

象群都来了，其他人觉得他们也可以过来了。于是，他们也走了过来，立在象群、我和老爸组成的圈子之外。我觉得他们这样做是明智之举。他们都不是象群大家庭的成员。

"这是你的家族。"我对毛毛说，"这是你的象群……他们都在这里。"

"不对。"老爸说。

我仔细一数，加上毛毛只有九头。贝加不见了。我透过粗壮的象腿和高大的象身向他望去。他依然站在那里，站在妈妈的尸体旁，鼻子握着妈妈的尾巴，等着她站起来。

"我去去就回。"我轻声说。

老爸点了点头。

我悄悄地从毛毛身边走开，不希望她注意到我的离开。她果真没注意到，我既松了口气，又觉得有点小失望。我绕过象群，向贝加和黛西·梅走去。

快到他们近旁的时候，我清了清嗓子，让贝加知道我来了，希望他允许我闯入他和妈妈的私密空间。贝加明明听到了我的声音，却连眼睛都没抬一下。他仍然用鼻子握着妈妈的尾巴，前额紧贴在她身上。我心痛欲裂。

"贝加，她走了。"

贝加没有任何反应。我长长地叹了口气，浑身颤抖。

"黛西·梅走了。"

听到妈妈的名字，他抬头看了看我，泪水从他的左眼滑落。我知道那不是真正的眼泪，即便如此，也无法否认他和我心中的痛。泪水也从我的眼睛里滑落，就当我在清洁自己的眼睛吧。

我伸出手。贝加慢慢地、迟疑地松开妈妈的尾巴，然后伸出鼻子，试探性地握住了我的手。

"跟我来，看看你同母异父的妹妹吧。"我说，"她叫——"

我的话被大象高亢的叫声打断了。我猛地转过身，特里克西正伸长了鼻子，大声呼唤。紧接着，一头接一头的大象跟着她大声呼唤，声音此起彼伏。这种情景我曾经耳闻过，却从未亲眼看见过。他们是在欢迎家庭新成员。

贝加松开我的手，抬起鼻子，加入这个合唱队。我唯一能做的就是仰起头，大声呼唤，像贝加一样，像象群一样，欢迎小象的到来——来到我的象群里。

11

我和老爸吃完晚饭，到前廊走了走。我终于有机会换下礼服穿上牛仔裤，头发也重新塞回棒球帽里。我把礼服直接扔进了垃圾箱，我的朋友们说得没错，舞会是一次难以忘怀的经历，只是没有人猜到是以这样的方式。

乔伊斯和莫根医生站在象群中。我这才注意到，有她在那儿，象群自在多了。乔伊斯在喂毛毛，她主动要求替我一会儿，好让我去吃饭。给毛毛喂奶时，有人能递个奶瓶我已经感激不尽了。照顾毛毛既劳心又费时，特瓦瑞斯医生对此深有感触。

他和格蕾丝医生在房子外面来来回回走了大约半个小时。天色渐晚，特瓦瑞斯医生的身影在夜色中已经模糊不清，格蕾丝医生的一头红发却依然十分醒目。窗外，这两个看起来很不般配的年轻人轮流在给某人打电话。我原以为他们会花更多时间观察毛毛，没想到打电话好像成了他们的当务之急。他们在房子周边走来走去，声音也随着距离的远近听上去时大时小。当他们离得不远时，我能听出他们的烦躁、争执，以及夹杂着的怒气，但更多时候，他们离得很远，我什么也听不清。

"他们在跟谁说话？"我问老爸。

"动物园的人。"他说。

"听起来好像不是很顺利。"

"我不知道为什么出现了争执。"老爸也一脸不解，"莫根医生说他们干了一件了不起的事。要不是他们，毛毛肯定活不下来。"

"要是黛西·梅也活着就更好了。"

"我也那么希望。"他叹了口气，"我们正在做的事任重道远呢。"

"我这个夏天都没有别的事，每天都能来照看他们。"

莫根医生离开毛毛和乔伊斯，朝门廊这边走过来。好极了，我们有一位大律师负责照看一头新生的小象，就算突然有什么官司要打，也能搞定。

"医生，她还好吗？"我问。

"好得很。"

"我刚才还跟萨曼莎说，这可是个没日没夜的活。"老爸说，"照顾新生儿可得一周 7 天一天 24 小时不停歇。"

"我觉得你在这方面经验丰富。"莫根医生说。

"不过，贝加以前可没那么费事。"我说。

"贝加有妈妈，我指的是你。"莫根医生指了指我说。

我感到一阵尴尬与不自在。

"差不多，但是她不用每天喝四五公斤的配方奶。"老爸说。

"但是我也得有人喂呀，当时只有你喂我吧？"我插话道，这是我人生中第一次提到过去的事，"样样都得你亲力亲为吧，你是怎么面面俱到的？"

老爸欲言又止。我们从不讨论我怎么出生的以及出生后的事，在这件事上，我俩一直心照不宣。今天我打破了这份默契，我不知道如果我进一步越过这条红线，他会做何感想。

"有人帮我，你的爷爷奶奶都在这儿。"

"但是科拉奶奶和约翰爷爷不是和咱们天各一方吗？"

"她说的是我父母。"老爸跟莫根医生说，"萨曼莎出生的前几天他们就坐飞机过来了，并在这里住下了。"

爷爷奶奶非常和蔼，他们给我们打电话、写信，偶尔也过来看我们。他们最近一次过来大概是 3 年前了。那之后，爷爷说他年纪太大了，不能常来看我们了。

"从你出生那天到你 6 个月大，你的爷爷奶奶要么有一个人在这儿，要么两个人都在这儿。没有他们帮我，我可没法扛过来。"

"我们也是一群动物，像他们一样。"莫根医生指着大象说。

关于过去的那段日子，我有好多疑问想从老爸那里找到答案，但是现在还不是时候。也许什么时候都不合适。况且，现在该被喂养和照顾的对象是毛毛。

"没有我们的帮助，这群大象不可能把毛毛养大。"老爸说，"我们需要更多帮手。乔伊斯提议排一个喂食时间表，这样可以让志愿者们轮流给她喂食。"

"我能应付大部分的喂食工作，我能应付很多事情。"我说。

"我知道你能，你一直都很能干。嘿，他们的电话好像打完了。"

格蕾丝医生和特瓦瑞斯医生走到了门廊前。

"你终于换了身衣服。"格蕾丝医生对我说。

我现在穿着牛仔裤、T 恤衫，当然还戴着棒球帽——老爸说这是我的标配。

"我还以为穿礼服才符合这里的着装规范呢。"特瓦瑞斯医生说。

"我这样的穿戴才是这里的着装规范。"我说。

　　"我们不会在这里待那么长时间来验证这一点，我们今天晚上就要走了。"格蕾丝医生说。

　　"你们能来我们非常感激，"老爸说，"谢谢你们。"

　　"我们和毛毛也谢谢你们。"我加了一句。

　　"其实你们不用马上离开，我们非常欢迎你们留下来过夜。"老爸接着说，"我们有五间卧室，所以有足够的空间供你们两个人住。"

　　"谢谢你们的邀请。"特瓦瑞斯医生说。

　　"但是我们必须回到动物园。"格蕾丝医生说，"我们两个都不在，万一发生点什么事，那些动物不一定扛得住。"

　　"而且，不幸的是，在某种程度上，我们回去后的几周里，动物们可能依然不一定扛得住。"特瓦瑞斯医生补了一句。

　　他说那些话是什么意思？我有些不解。他们要去别的地方吗？

　　"谢谢你们来这里。"老爸说。

　　"我们大家都感谢你们。"莫根医生说，"眼睁睁地看着他们却无能为力，既救不了母象也救不了小象，简直是要我的命。是你们救了小象的命。"

　　"我们只是做了该做的。"格蕾丝医生说。

　　"真是感激不尽。"老爸说。

　　"也许你们可以把我们送回镇上作为补偿。"

"送?"老爸疑惑不解,"你们为什么不开皮卡回去?"

"显然是因为我们没有皮卡了。"格蕾丝医生说。

"也没有拖车了。"特瓦瑞斯医生接了一句。

老爸和我面面相觑。

特瓦瑞斯医生拿出一串钥匙说:"给,这是你们的了。"

"我们的?"老爸疑惑地问。

"你们还不知道吗?"

"知道什么?"

"皮卡、拖车以及上面所有的医疗设备全都归你们保护区了。"特瓦瑞斯医生说。

我瞠目结舌:"你们送给我们的?"

"不是送,是有人买下了。有人告诉我们把这些东西留在这儿。"

"是不是有什么误会?我们怎么可能买得起这些东西?"老爸说。

"如果你们买得起,这些年来我还一直给你们优惠,那我简直就是天底下最大的傻瓜了。"莫根医生说,"从这些设备的造价来判断——"

"都是最先进的设备。"格蕾丝医生打断他的话说。

"对,都是最先进的设备。我估计少说也值 30 万美元。"

"加上拖车和里面的设备,总价差不多要 50 万美元。"格蕾丝医生说。

"但是我们怎么买得起呢?"我问。

"你们的赞助人一定超级富有。"格蕾丝医生说,"显然,他给动物园捐了一笔钱,差不多是拖车价格的两倍,条件是我们走的时候把所有的设备都留在这儿。"

"那你们可以再买一辆。"莫根医生说。

"你不可能买到这种现成的。"格蕾丝医生说。

"得先买设备,再把各个零件组装起来,有些需要定制,组装起来要花不少时间。"特瓦瑞斯医生说,"也就是说,我们动物园里的所有动物在新的设备到位之前都没有安全保障。"

"你们得有其他的设备才行。"莫根医生说。

"我们的动物园里一共有 400 多种动物,总共 4000 多头,如果不能满足所有可能的需求,"格蕾丝医生说,"那些动物可能就会死去。"

"但那样是不对的。"我说。

"我们在电话里就是这样说的。"格蕾丝医生说,"竟然有人命令我们这样做,真是难以相信。"

"我也认为这样不妥,我们不能要你们的拖车。"老爸试图把车钥匙还给他们。

"这个不是你说了算,也不是我们说了算。"特瓦瑞斯医生说,"拖车和皮卡已经是你们的了。不管你们要不要,它们都得留在这儿。"

老爸扭头去看莫根医生："你会用这些设备吗?"

"不太会。"

"我们可以给你上一堂速成课。"格蕾丝医生说。

"恭敬不如从命,太感谢了。"莫根医生说。

"我们能做的就是这些了。"特瓦瑞斯医生说,"如果设备留在这儿却没人会用那就没有意义了。"

"真不知道说些什么好。"老爸说。

"没什么。"格蕾丝医生说,"拖车留在这儿了,但我有一个疑问:你们的赞助人到底是谁?"

"与其说是个赞助人,不如说是一个合伙人。"老爸说。

这是我第一次从他口中听到"合伙人"这个词。

"好吧,你们的合伙人是谁?"

"我也不知道。"

"你们从未谋面?"

老爸摇了摇头:"我们都是通过律师、账户、电子邮件联系的。"

"好吧,不管怎么说,你非常幸运,那头小象更幸运。"格蕾丝医生说。"莫根医生,要不我们现在就开始讲吧?讲完了我们就回去。"

"讲完之后,我送你们到镇上。"莫根医生说,"我觉得这是专业人士之间的社交礼仪。"

他们三个向拖车走去。

"我知道我们有个赞助人，不知道他还是个合伙人。"我说。

"那个合伙人一直默默支持着我们，他只占有这个地方很少的份额。"

"多少？"

"10%。而且，相信我，他们真的为了这10%多付了钱。在过去的两年多时间里，额外的钱都是从那里来的。"他停了一会儿，又说，"说实话，如果没有这些钱，我们恐怕撑不到现在。"

"唯一的条件就是我们必须让三头大象怀孕生崽？"

"对。"

"所以对方现在也拥有毛毛10%的所有权？"

"是的。不过，只要我们一直占剩下的90%的份额，就没有什么好担忧的。"

我不像他那么有把握，老爸一定也感受到了我的担忧。

"萨曼莎，这个协议我们签了两年多了，一直挺好的，以后也会一直好下去的。"

我点了点头，但那并不表示我真的认同。

* * *

"你确定这样没事吗?"老爸问。

"还能有什么事?"

"好吧,你将在午夜时分睡在医疗拖车里的检查台上,周围漆黑一片,无人陪伴,只有你自己。"

"你这是要让我紧张起来吗?"

"我只是把事实讲清楚。"

"首先,拖车上有电,所以我有灯。我有电话,马上就能联系上你,所以也不是独自一人。拖车边上还有一群大象,所以我不会有什么事的,最重要的是,我绝不是无人陪伴。"毛毛就在我身边,她的鼻子握着我的手,在拖车上跟我做伴。毛毛此时披着一床红色的毯子,毯子从上到下盖着她的身体,我只能看到她的脚。

对一头小象来说,最大的危险之一是肺炎。它会迅速而猛烈地进入肺部,我从医生们那儿得知,这种病来势凶猛,你还没发现小象生病的迹象,他们就已经性命不保了。我不愿去想那些还没发生的不好的事情,但是我知道小象的死亡率。虽然格蕾丝医生和特瓦瑞斯医生都走了,但我告诉自己,只要打个电话,莫根医生开车就到了。

"你有任何需要或者就是想说说话,都可以给我打电话。

能多睡会儿就多睡会儿。"老爸说。

"只要毛毛让我省心,我会尽可能多睡会儿的。"

"她刚吃饱,你可以睡到半夜。真希望我能在你身边。"

"巴玛离不开你。"

老爸每晚依然会抽出一些时间睡在巴玛的围墙外。我们都没想到巴玛要花这么长时间适应这里。一开始,老爸陪了他三个晚上,以为晚上可以让他独自过夜了,没想到第二天一早就发现他烦躁不安,前额撞破了,伤口还流着血。他一定是想出去,才用脑袋一直撞围墙的门。如果老爸或者我在那儿,他会安静些。但是我们都不敢冒险进入他的围墙和他一起待着。

我从没进去过——没有老爸的允许和陪伴,我不会进去——但是我一直拿苹果喂给他吃,这是他适应过程的一部分。虽然他总是很温柔,但是我却经常想起他推倒那个女孩把她弄伤的事,还有,他杀死驯兽师的事。一头大象要想杀死一个人,根本不费吹灰之力。

有时,我看着巴玛的眼睛,他看上去忧伤而温柔,需要爱,需要关怀,需要有人和他轻声交谈,需要有人摩挲他的耳后,需要有人给他吃的,给他喝的,他也想融入象群中,至少,被允许和象群共享一片天地。他是一头公象,一头成年的公象,需要在外面闯荡闯荡。

不过目前条件还不允许，他还得在一个完全隔离的地方待一阵子。我在想，他到底还需要多长时间呢？有几次，我们把其他大象带到了他的隔离栏旁边，想让他们互相认识认识，谁知他竟然跑到隔离栏的另一头，拼命往树后面躲。

"你知道我会给你打好几次电话的。"老爸说。

"我准备关机，免得电话吵到毛毛。我们都需要多睡会儿，你也是。"我说。

"也许你说得有道理，但是一定要记住，需要什么，或者想跟我说说话的时候就给我打电话。"

＊　　　＊　　　＊

我辗转反侧，想在冰冷的铁桌子上找个舒服的姿势。我把毯子往上拉了拉，将脖子捂得严严实实的，但我得把手留在外面。一旦毛毛找不到我的手，就会把我弄醒。

今天夜里气温还不会降到 21 摄氏度以下，但是有一丝凉风。我开着一扇窗户，这样我能听到其他大象在周围走动的声音。大象的身躯如此庞大，走动的时候声音却很轻，我一直觉得很神奇。此时夜深人静，我能听到他们的声音，不仅有走动的动静，还有叽叽咕咕的声音。我很想知道他们到底在谈论我还是在谈论小象毛毛。中间有一阵，我觉得有人在拖车外面蹭来蹭去。

　　我们在拖车这里，他们看得到，听得到，也闻得到，我知道这很重要，对特里克西尤其重要。小象没有和他们在一起，让她很烦恼，但是如果我和他们睡在一起，也很危险——他们一不小心就能把我踩成肉酱——让他们和我一起睡在车上也不可能。而且，让毛毛睡在一个有遮挡又温暖的地方对她来说再好不过了。老爸估计这种陪护只需要一周，最多不超过两周。然而，谁知道呢？他自己都没想到他现在还要睡在巴玛的围墙外。

　　毛毛又一次松开了我的手。她之前已经这样松开过十多次了。起初几次，我拿手电筒照着她，看着她走到窗边，跟拖车外头的大象们碰碰鼻子。这对他们是一种安慰，对她也是一种安慰，对我也算一种安慰吧。

　　我还是难以入眠，这并不全是因为铁桌子太硬。各种令人不安的想法在我的脑子里盘旋。我们的那位神秘合伙人是谁？谁会因为要产下一头小象而投入那么大的资本？根据我的经验，动物爱好者会有些古怪，但是我又能跟谁倾诉呢？人们坚信我和老爸是疯子，有时候我觉得可能他们说得没错。

＊　　＊　　＊

　　我突然从睡梦中惊醒，坐起身，差点从桌子上掉下去，幸好我稳住了自己。天还没亮，但也不再是深更半夜了。借着朦胧的光线，我发现毛毛没有和我一起待在拖车里。

一定是老爸开的门。我掀掉毯子，一骨碌从桌子上跳下来，跌跌撞撞地走到敞开的门口，发现毛毛就在外面。她站在象群中，一边是特里克西，一边是贝加。我看向他们的时候，毛毛正用鼻子轻轻抚摸着贝加。

"早上好。"我从拖车里走出来跟他们打招呼。

象群循着我的声音转过头来，毛毛向我跑过来。她看见我的时候这么高兴，让我有些兴奋。她撞进我的怀里，撞得我往后倒退了几步，差点摔个趔趄。

"我也很高兴看到你呀，小家伙。"我说。

她含住我的手。"哦，对呀，你饿了，是吧？"

我带着毛毛回到拖车里，她依然把我的手含在嘴里。加热箱里还有两瓶配方奶。我抽出手，打开箱门，取出一瓶递给毛毛。她立马喝了起来。瓶子里开始冒起泡泡，配方奶消失得很快。

"看把你饿的。"

不远处传来喧闹声，拖车晃动了一下。有谁在撞它吗？这时，拖车晃得更厉害了。管他是谁，我得去及时制止，免得拖车被毁个稀巴烂。

"跟我来。"我对毛毛说。

我把奶瓶从她嘴里拔出来，向车门走去。毛毛跟在我身后，叽叽咕咕地抗议着。我猜，她不太愿意我或者奶瓶离她太远吧。

我吃惊地站住了。贝加在车门处——他的半个身子差不多探进了车内。他正用力地往里挤。看到我们，他挤得更用力了，拖车再一次晃了起来。

"贝加，停住——你不能进来！你个头太大了！"

我顶着贝加，试图让他往后退几步。但是我哪里顶得住一头800多公斤的大象呢？而且，他还在更用力地往里面挤。他伸出鼻子，从我手里抢走了奶瓶。

"你要干什么！贝加，那是毛毛的奶瓶。"

接着，我恍然大悟。贝加时不时地还会吃母乳，他看我喂毛毛，也想有人喂他。

我从贝加那里拿走奶瓶，拧了拧，把奶嘴放进他嘴里。我用力从瓶子里挤出一些配方奶，他吧唧吧唧地吸了几口，呛住了，然后开始吮吸起来。

毛毛开始叽叽咕咕地叫，她想要回她的奶瓶，但是看样子一时半会儿也要不回去。贝加很快就会喝完，我会把保温箱里剩下的奶喂给毛毛喝。

贝加很快喝了个精光，他还在继续吸，却什么也吸不到了。我取走奶瓶，告诉他，里面空了。他明白了，从车门退了出去，跑到了象群中。

现在我们要照顾两头小象了。我要保证两头小象都被照顾得好好的。我跟黛西·梅保证过。

我的思绪回到了自己身上，想到了自己的出生。我不禁想，妈妈的在天之灵是否知道我也有人照顾呢？她有没有在弥留之际让老爸保证过？

12

帕特森夫人用奶瓶给毛毛喂奶的时候，我目不转睛地看着她。我喜欢她、信任她。她总是很和蔼，对大象也很好。我没有理由怀疑她什么地方做得不对，但是我还是要看着。

她满面笑容，把奶瓶举得高高的，里面已经空了。

毛毛出生不到一周，我们这里产了一头小象的消息就不胫而走，传遍了整个社区。毛毛出生的第二天，我们的保护区就不再对游客开放，因为大家要照顾毛毛，别的事都顾不上。接下来的那个周日，原本只会有一百左右的游客，结果来了两三百人。人们都喜欢小象崽。来的游客多，意味着能挣不少钱，但是也意味着活也更多——不仅要给他们准备场地，还得留意每个人。我们对黛西·梅的尸体束手无策，不得不在上面盖一层防水布。我几乎不忍心朝那个方向多看一眼，但是游客们可不管那么多。

老爸正在电脑上给毛毛做生长发育报告。显然，我们与合伙人达成的协议中有一项是一天两次汇报刚出生的小象的情况，包括所有的健康问题，以及身高、体重等数据。毛毛今天又长了 2.7 公斤。目前来看这很重要，因为它表明毛毛不仅仅是在喝奶，而且吸收得不错。

老爸从房子里走出来。"明天要来一位访客。"他说。

"我猜要来 300 位访客。"

"明天我们还不打算营业。"

"为什么不？人多钱多呀。"

"有人给了我们一笔钱，相当于 500 名游客的门票钱，条件是不营业。"

"我们的合伙人给的？"

他点了点头。

"我希望能多了解一些那个人或者那些人，管他是谁。"我说。

"我也希望我们能知道得更多些，明天我们就知道答案了。那位访客就是我们的合伙人。"

"真的吗？"

"所以我们要把该准备的都准备好，有好多事要做呢。"

"尤其是你，你今天晚上还要去上班吧？"我说，"你不是还要加班吗?"

"我暂时不去餐馆上班了。"

"但我们不是还需要——"我及时住嘴,但有些话已经说出口了。

"我们的确需要钱,但钱再也不是问题了。我们的合伙人也出钱让我不要去上班了。"

"简直太棒了!"

"我当时也这么觉得。你能去喂喂巴玛吗?"他问我。

"可以。"

"我知道你想和毛毛待在一起,但有些事只有我能做,而别人在巴玛身边我不太放心。"

"我懂。"

"好孩子。你要不要开那辆新皮卡?"

"动物园的那辆?"

"何不试一试?你在这里也开过好几年了,现在这车是我们的。记得在车后面装些干草去喂巴玛。"

*　　*　　*

我启动车子正要开走的时候,乔伊斯挥着胳膊向我跑了过来。我停下来,她走到副驾驶那边的车窗处。她的头发、妆容、衣着一如既往地无可挑剔,我居然不像以前那样觉得不顺眼了。

"需要人陪吗?"她问。

"好呀,有人陪挺好的,"我说,"尤其是,她不仅不介意坐一个 13 岁司机开的车,还愿意一起去抖开一捆捆干草。"

"前一条丝毫不介意,后一条嘛,我也乐意。"

她跳上车,我们就开动了。我们路过黛西·梅的尸体。雷娜、蒂尼、赛琳娜都在她边上。我尽量不去看他们。

"你觉得他们还要来看望她多久?"乔伊斯问。

"上次花生去世的时候,他们看了他大概一周左右,这次已经超过一周了。他们跟黛西·梅更亲密一些。"我说。

我们一路朝前开,没说话。最后一段路最难走,虽然我很想快点冲到毛毛身边,但这辆车对我来说毕竟还是辆新车,我没敢开得太快。把车轴搞坏就太不值得了。

"你觉得巴玛的情况怎么样?"她问。

"这么长时间以来,并不如我们预期的那样。现在,我们也没那么多时间专门花在他身上让他融入象群了。"我说。

"如果他还融入不了呢?"

如果是在几天前,我一定会说,他当然能融入,但是现在,我没那么有把握了。整个进程没有预计的那么快。"我觉得,如果他不能出去和其他大象待在一起,就只能待在隔离区了。"

"一方面你们要添一头新的大象，另一方面这个隔离区又一直被占着，你们怎么办？"

"我们会再建一个。"

"你们已经有一个了，再建一个还得花不少钱。"她说。

没错。比我们预计要花的多多了。而且，我们也没那么多钱。

"你爸爸要一直睡在巴玛的围墙外陪着他吗？"

"当然不会。只是时间稍长了些而已。"

我们又默不作声地往前开了一会儿。她说得有道理，但不代表我听得进去。

"一头大象值多少钱？"乔伊斯问。

"无价。"

"我是认真的，一头大象值多少钱？"

"巴玛现在一文不值，所以没必要考虑把他卖了。"我说。

"我没说要卖巴玛，我就是想知道一头大象到底值多少钱。"

"那受很多种因素影响。"

"比如？"她问。

"受过训练、已经被驯服的大象比没有受过训练、野生的大象要值钱。年龄越大越不值钱。一头 50 岁的大象就没有一头 10 岁的大象值钱。"

"一头刚出生的小象呢？我是说毛毛值多少钱。"

"我们才不会卖毛毛!"我大声说。

"你们当然不会。我只是想知道她值多少。"

"具体多少,我不太清楚,但是应该值不少,很多很多。"

"值100万到150万美元吗?"

"没有人会付那么多……"我这句话说得毫无底气。我知道她心里怎么想的,我也有同样的疑问。

"我们知道那些拖车、皮卡、医疗设备,样样都值很多钱,动物园为此还得了双倍的补偿,所以一共有100来万美元吧。再加上买这块保护区的钱——我们不知道花了多少——还有保护区关门谢客,你爸爸不去上班的补偿,这些远不止100万美元了。那头小象值那么多?"

"本来应该是三头小象。"我说。

"但现在没有三头呀,就这一头,她刚出生,那辆紧急救护拖车就被派到这儿来,后来就给你们买下了。我只是觉得——怎么说呢,有些蹊跷。"

"你是个律师,总是疑心重重吧?"

"没错,但是我事事都疑心不代表这件事不值得怀疑。你也不得不承认自己有那么一丝怀疑吧?"她说。

"不对,不是一丝怀疑,是严重怀疑。老爸说明天我们的一些疑问就会有答案了。"

"但愿如此。但是经验告诉我,只有提出问题,才会知道答案。我们得多问，你和我都得问，因为我觉得你爸爸可能不会多问。"乔伊斯说，"他有点太……呃……"

"轻信别人。"我说，"从本质上来说，与其说他是个人，不如说他是一头大象。"

她点了点头："他这样也挺好，这也是我那么喜欢他的一个原因。有时候，我觉得他在照顾大象，别人在照顾他。"

我几乎要脱口而出，说："那是我的事，不关你的事。"好在我管住了自己的舌头。积点口德也不是坏事。

车继续朝前开，一开始我没看到巴玛，后来，我发现他躲在一个角落里。我意识到他没有认出这辆车，所以没有勇气迎过来。我停下车，乔伊斯跳了下去，打开外围围栏的门。我穿过大门，向里面又开了三四米，刚好在墙边停了下来。越靠近围栏，车子投下的影子就越短。

皮卡车厢里装了八捆干草。我们准备把好几天的草料都放进电网围起的隔离栏里。谢天谢地，幸亏饮水不是个问题。一条小溪横穿这块地头，在中间形成了一个水塘。我在想，巴玛哪一天才能在这个水塘里自由地嬉戏呢？也许要等到别的大象都不在这里嬉水的时候吧？

我下了车，还没叫乔伊斯，她自己就爬上了干草堆，戴上一双工作手套，护住了她的红指甲。我也戴上了我的手套。一方面，我心里想，像她那样把指甲涂得红彤彤的显得好傻呀，另一方面却在想，如果哪一天乔伊斯教教我怎么涂该多好哇，哪怕涂着玩也行啊。

考虑到巴玛过去的所作所为，在摸清他的底细之前，我们还不敢对他掉以轻心，所以水泥墙上的电网是开着的。"小心上面的电网，"我说，"它可有电哦。"

"谢谢提醒。"

乔伊斯把第一捆干草高高地扔过电网。她比表面看上去有劲多了。如果你只看到她的表面，你会错失很多。

我正准备爬到草堆上。

"我扔干草，你去看看巴玛怎么样了，好不好？"她说。

我不想跟她争。

我慢悠悠地走进里面，尽可能地靠近巴玛。我大声喊他，透过树林，我可以清楚地看到他抽动着耳朵，朝我这边看过来。我走得更近些，便看到他从树林里跑了出来，径直向我跑来。他的脑袋左顾右盼，耳朵呼扇呼扇的，并不急于跑到我跟前招呼我。他要么想要我摸摸他，要么想要我口袋里的苹果，他知道我有。也许他两个都想要。他清楚得很，只要我来，每次都带着苹果。

他放慢了脚步，但是没有停，而是一直走到水泥墙边。我们之间隔了不到一米的距离——一个象鼻子和一只手臂的距离。

"下午好，巴玛，今天你乖不乖?"

他伸了伸鼻子以示回应，小心地避开了电线。这表明他至少碰到过一次。

来到这儿之后，他的皮肤状况好多了。疮斑已经愈合，留下浅浅的色块。脚踝处拴铁链留下的伤痕也几乎痊愈。他知道我们为他付出的点点滴滴吗?

"我知道你想要什么。"

我从口袋里掏出一个苹果，准备伸手递给他时停住了，我转身向乔伊斯望去，她还站在干草堆上，背对着我，所以她不会看到我用手给巴玛喂苹果。如果我直接把苹果扔进去，会安全很多，但是巴玛会怎么想呢? 他会觉得我不够信任他吧? 他需要苹果，也需要我的抚摸和信任吗?

巴玛发出了一声低沉的呜咽，鼻子向我伸了过来。呜咽声是他能发出的几种声音之一。他不像其他大象那样会发出很多种声音，就算发出声音，也跟别的大象不太一样……他们好像说的不是同一种语言。不过，那也是有原因的。他身边从未有过别的大象，所以不知道一头大象应该发出什么样的声音。

他又发出一声呜咽，鼻子伸得长长的，几乎快碰到电线，要被电到了。我不希望他把我和电击联系在一起。

我赶紧瞟了乔伊斯一眼，她仍然背对着我。

　　我拿着苹果，伸出手。巴玛用鼻子碰了碰苹果，却没有吃，而是用鼻子在我胳膊上扫来扫去。我感到浑身一阵战栗，这战栗不仅来自真真切切的接触，还有这接触所包含的潜在的危险。他随便动一下鼻子，我可能都吃不消。他可以把我推倒，也可以扯着我的胳膊把我拖到带电的水泥墙边，甚至把我卷进墙里。

　　我应该稍微后退几步的，但我没有。我不能那样，不能让巴玛看出来我很害怕，相反，我又向前走得更近了些。

　　"我知道你不会伤害我。"我说。这句话是在安慰巴玛还是安慰我自己？

　　他继续把鼻子伸向我，一边嗅一边吸鼻子，鼻尖处凸出来的那个"小指"沿着我的胳膊一直往上滑，轻轻地试探着抚摸我的脸，让我觉得痒痒的，我忍不住笑了。他从鼻子里呼出一口气，让我觉得更痒了。

　　我伸手从另一个口袋里又掏出一个苹果，这下我一手一个苹果了。"你真的不想要吗？"

　　他把头扭向一边，棕色的大眼睛凝视着我。我看到的不是一头大象，而是一个小孩——一个吓坏了的小孩。

　　"不会再有人伤害你了，"我说，"你在这儿很安全。"

　　我真想翻过水泥墙，钻到电网下，走进去，揉揉他的耳后处。我想让他知道有人关心他，信任他，这里没有危险。

我想把他抱起来搂在怀里，但我知道这样做不可能，就像我不可能走进他的隔离栏一样。他不是一个孩子，他是一头大象，比一辆卡车还重，伤过好几个人，还杀死过一个人。

巴玛用鼻子拿走一个苹果放进嘴里，我听见嘎巴一声脆响。他又拿走第二个苹果，又是嘎巴一声脆响。

我后退了一小步，又后退了一小步，又一小步，这下我俩之间有了一段安全的距离。

"来吧，巴玛，来！"我说。我沿着水泥墙向干草和乔伊斯的方向走去。

他跟着我，和墙外的我并行着。我们虽然隔着墙，却比以往任何时候都更紧密。

乔伊斯刚刚弄完了最后几捆干草，隔离栏里已经堆起了一个小草堆，等着巴玛去吃。她抖开另一捆干草，抬头看了看我俩，露出笑容。

"早餐好了。"她说。

巴玛开始吃起来。

"你平时难道不是先吃主菜再吃甜点吗？"乔伊斯问巴玛。

我不解地望着她。

"难道不应该先吃干草再吃苹果吗？"

"通常，是这样。"我插了一句，"你看到了多少？"

"你希望我看到多少，我就看到了多少。"

"谢谢你。"我说,"要是老爸,他肯定要担心。"

"他的担心合情合理。你没有真的进隔离栏里,对吧?"

"没,没有。他允许我进了,我才会进的。"

"他让你用手喂巴玛苹果了?"

"没有,不过这是两回事。至少两者之间有点区别。"

她停了一会儿,说:"听到你说没进去,我总算松了一口气。我知道,你比任何人都更懂大象,甚至比杰克都懂,但是——"

"就算这样,我也会小心的。"我说,"谢谢你这么说。这对我很重要——真的。谢谢你保守我们之间的秘密,这一点也许更重要。"

她用一只胳膊搂住了我的肩膀,我克制着自己不要挣脱。我不想冒犯乔伊斯,不是她的原因——我不太习惯跟人太过亲密。有意思的是,除了老爸之外,我觉得跟大象接触比跟人接触要自然得多。也许我只是对一个物种比对另一个物种更熟悉,也许某个物种看上去比另一个物种更危险。我们默默地站在那里,看着巴玛吃干草。

13

像上周那样，我把排队等着进入保护区的最后一辆汽车打发走了。我告诉游客，新出生的小象不能被打扰。大多数人都表示理解，一小部分游客不太愿意，我让他们离开的时候，他们要么提出给更多的钱，要么说出一些刻薄难听的话。跟人打交道越多，我就越明白自己为什么更愿意和大象打交道。

史黛西和莉兹一直计划今天过来玩，我只好告诉她们别来了。她们表示理解，我知道她们很失望，我也很失望。本来，和她们见见面，让她们看看新生的小象是一件很愉快的事。

我再次把"停止营业"的告示贴到大门上，告诉人们不要来了。但是如果有人按汽车喇叭，我还是得去看一下，因为没准是我们的合伙人来了。我还是不喜欢合伙人这个说法，赞助人听起来就没有那么多事。

象群在围栏内等着。大部分时候，他们都在房子、拖车和水塘形成的三角区内活动。特里克西知道我们给毛毛喂食的地方，她把象群领到那附近。他们可能也想待在一个能一眼看到黛西·梅的地方。

前一天晚上，我睡在家里的床上。乔伊斯在我睡觉的时候替我喂了两次毛毛。本来我让她叫醒我去喂第三次，但她没有。我有点不高兴，但更多的是感激。睡眠是必需的，父母们是怎么照顾一个每隔几个小时就要喂一次奶的新生儿的？单亲父母又是如何做到的呢？无论是大象还是人类都需要别人的帮助。

乔伊斯给贝加拟了一个喂食表，毛毛每喝到第五瓶，就给贝加喝一瓶。从营养方面来说，这么做没有必要——没有配方奶，没有奶，他也能活下去——但在心理上，这么做对他有好处，它传达的是一种温暖和呵护。毛毛不是唯一失去妈妈的孩子。

我开始注意到，乔伊斯并不是为了给我和老爸留下好印象才做一些暖心的事，她本身就是个好女人。自从毛毛出生后，她晚上在这里过夜的次数越来越多。我对这种做法没有意见，对她也没有意见。想让她更靠近象群的不仅仅是大象。

　　远处传来一阵引擎声，我希望司机看到告示后自觉离开，没想到引擎声越来越大，我感觉那不像是汽车发出的声音。我一抬头，看见一架黑色的大直升机从头顶掠过。我扭着身子，目光追随着它。这个浑蛋要干什么？它飞得那么低，声音那么响，会吓坏大象的。谢天谢地它飞走了，飞到了树林上空。

　　老爸从房子里跑出来，向直升机挥舞着拳头大喊大叫。直升机现在正在房子和水塘之间的空地上空盘旋。虽然它距离我差不多有 100 米远，但我依然看见它的旋翼卷起一阵尘土。

　　我跑到老爸身边，问："他们要干什么？"我的喊声盖过了旋翼的轰鸣声。

　　"我也不知道，但是……等等……它要降落了……他们准备落在这里？"

　　没错，直升机正在降落。

　　"跟我来！"老爸大喊道。

　　我们跳上皮卡，老爸加大油门，向直升机飞驰而去。如果那架直升机真的降落了，老爸一定会找他们讨个说法，我敢肯定，不管是谁，就这么降落在我们的地界上，老爸可饶不了他。看到他的大象受到惊扰，安全受到威胁，我这个好脾气的老爸一定会怒火中烧。现在他看起来像是气炸了——就像一头向前猛冲的公象。

直升机着陆了，我们在距离它足够安全的地方停了下来，然后摇起两边的车窗，以免扬起的砂石尘土飞进来。

"管他是谁，他都要赔偿车的损失。"老爸说。

我只希望再也不要有别的损失了。

直升机的旋翼转得越来越慢、越来越慢，终于停了下来，然后开始懒洋洋地朝相反的方向旋转。待到尘埃落定，周围一片寂静。

"该去会会那些不速之客了。"老爸跳下车，向直升机走去。

我突然想起了什么。"等等！"我一边喊一边跑到他身边，"如果他们不是不速之客怎么办？"

他还是一直大步向前走。"你知道直升机要来？"

"我们知道有人要来。"我说，"合伙人，记得吗？"

"难道他们会开直升机来？"

"那还会有谁能开一架直升机到这儿来？"我问他，"你知道我们的合伙人什么时候到吗？"

他停住脚步，看着我："今天下午，但是我不知道具体几点。"

"所以，在我们弄清楚是不是他们之前，你应该表示热烈欢迎。"我建议道。

"在弄清楚之前，我会很友善的。"

直升机的舱门打开了，舷梯放了下来。第一个走出来的人穿着一身制服，是个空乘人员？紧接着的，是个浑身上下一身黑色服装的男子，头发几乎全白，跟他衣服的颜色形成了鲜明的对比。

他一个箭步下了五级台阶，环顾四周，看到了我们，几乎朝我们飞奔而来。以他那个岁数来看，走得真够快的。等等！等他走近些，我发现他没有那么老——只是头发有些白。他和老爸年纪相仿，也许他稍长一些，但是个头还没我高。

"你一定是杰克·格雷吧！"他一边大声说一边握住老爸的手，用力摇晃。

"是的，我是。你是……"

"你们的合伙人呀！我代表詹墨有限公司——这其实是我名字的缩写。我叫詹姆斯·墨丘利。"他不再大声叫嚷，语速却依然很快。

"很高兴见到你，墨丘利先生。"老爸说。

"得了，我们都有共同的孩子了，算是一家人了，叫我吉米 ① 吧！"他转向我，"你一定是萨曼莎——萨米吧？你可以叫我吉米叔叔。"

---

① 吉米（Jimmy）是詹姆斯（James）的昵称，因此下文中詹姆斯·墨丘利又被叫作吉米·墨丘利。

我才不呢。我不认识他，但我知道他和我们不是一家人。

"我们的小姑娘呢？"他问，说得依然很快，还有掩饰不住的兴奋。

"她在那头的树林里。"老爸回答说。

"我们要坐直升机过去吗？"

"我觉得还是开车过去比较好。"

"棒极了！你觉得我能开吗？"

"当然，只要你愿意。"

"我不怎么开车，我得谢谢你。"

"钥匙在车里。"老爸对他说。

我们的合伙人什么也没说，一阵风似的跑向皮卡，把我们甩在身后。真有个性！

"他一定是着急见到毛毛。"老爸说。

"貌似象崽才会这样做吧。"

等我们追上他的时候，"叫我吉米"的那个人已经启动了皮卡，发动了引擎。老爸打开车门，我第一个溜了进去。

"这就是从动物园买的那辆车？"吉米问。

"正是。"

"还行吗？"他问。

"好得很。"

"棒极了！这钱花得值。朝哪个方向开？"

"一直向前，然后向左——"

车猛地向后退，砰的一下停住了。

"哇哦，挂错挡了。"他说，"我试试这个。"

他手忙脚乱地摆弄着变速杆，好像不知道哪个是一挡。胡乱试了几挡后，他又拉了拉变速杆，终于挂上了挡——可能是一挡吧——然后松开了离合器。车子发出了刺耳的声音，冲了出去，接着发动机就熄火了。

"要不要我来？"老爸问。

"或者我来？"我跟着说。

"你到开车的年纪了吗？"吉米问我。

"我 14 岁了——嗯，快 14 岁了——不过现在应该不是年龄的问题吧？"

"萨曼莎。"老爸厉声呵斥道。

我觉得他有点粗鲁。

"等等，你刚才是说我的年龄足以开车却不会开？你在开我的玩笑？"

"是那么个意思。我就是开个玩笑。"

他咯咯地笑了："有意思。我不怎么开车，董事会的人都觉得，无论对我自己还是我车子后面的人，我都是一个威胁。"

"我们坐你的车，也没觉得多放心。"我说。

"我说的是在城里。在这个地方，我还能撞到什么？"

"撞到树，掉进水塘，撞到小象。"我说。

"啊，那就不妙了，很不妙。还是你们谁来开吧。"他猛地打开车门，跳下车，跑到副驾驶那一边。

"你坐过去吧。"老爸说。

我溜到方向盘后，老爸坐到了中间，"吉米叔叔"上来了。我打着火，顺手挂到一挡，车就启动了。

他从老爸跟前探过身子问我："你开车几年了？"

"十一二岁后就开始了。"

"还要更早一些。"老爸说，"9 岁你就开始开拖拉机了。"

"我说的是汽车，而且是自己开，不过我只能在保护区里开，这和在大马路上开不一样。"

"但是我相信你在大马路上也能开，你比大马路上一半的司机都开得好。"老爸补了一句。

"开车可难了。有那么多规则要记，同时还要眼观六路，耳听八方。"吉米说。

"也没那么难。"我一边说，一边带着他们在路上颠簸。

"你觉得把刚出生不久的小象放到离你们的房子那么远的地方是明智之举吗？"

"小象大部分时候在房子周围待着，但是象群走到哪儿，他们就跟到哪儿。"我说。

"难道不应该更加密切地监护小象吗？"

"我们这儿有人看着她，给她喂食。"老爸说。

此时此刻，那个看管她的人是乔伊斯。

"棒极了！棒极了！"这个词好像是他的口头禅，"他是个兽医？"

"她是一名律师。"老爸答道。

"律师呀！"他大叫了一声，"我真的认为没有必要在这件事上打什么官司！没有必要让律师掺和进来！"

"她在这儿的身份不是律师。"老爸说，"就是一个朋友——一个好朋友，我的女朋友。"

听他把她说成女朋友，我觉得怪怪的。我以前没有听他这么说过吧？

"她是这里的一名志愿者，在保护区帮忙。"老爸接着说。

"那就好，我刚才想多了。你这里有合适的医护人员，对吧？"

"莫根医生是这里方圆几里最好的大型动物兽医，他经常来这儿。"老爸说。

"他真是棒极了！"我说，"真的棒极了！"

"你现在跟我说话的语气一样呢。"他说，"我喜欢那样……难道你又在跟我闹着玩？"

"一点点啦。"我承认道，"但是那个词用在这里确实恰到好处哇。"

"小象和象群待在一起,我猜,那就是说,象群把她当成了群体中的一员。"

"是的。"老爸说,"她被象群所有的成员完全接纳了。"

"听到这些我真开心,之前我还担心呢。"

"为什么?"我问。

"有时候融入一个群体真的很不容易。以我个人的经验来看,我发现总是很难与人打成一片。与众不同并不是件容易的事。"吉米说。

"大象跟人不一样。"我说,"他们非常宽容。"

看得出来,吉米可能不太合群。我自己对此深有体会。我这个大象女孩有时候跟大象比跟女孩子们更能和睦相处。

"哦,我差点忘了说,你们写信告诉我说代孕的母象快要死了时,我伤心极了。"

"那真是件伤心事。"老爸说。

"当天晚上我一直辗转反侧,难以入眠。"

听到这些,我对他有了点好感。

黛西·梅还躺在她倒下并去世的地方。老爸最终会找个挖土机把她埋了,只是现在还不是时候,象群还在为失去她而悲痛,还会在她身边驻足,有时候是一头,有时候是一群。他们会用鼻子碰碰她,抚摸她。特里克西会用脑袋轻轻地拱拱她,贝加会拉住她的尾巴。那些场面让人感动也让人悲伤。

我们会一直等，直到象群告诉我们时间到了为止。

"那儿就到头了吧?"吉米问。

"还没有，那是隔离区的围栏。"老爸答道，"里面是一头新来的公象。"

"他叫巴玛。"我补充道，"他正在康复期，过了康复期才能加入象群。"

"你们的所作所为真了不起，救大象的命，帮他们过得更好。很荣幸我能帮点小忙，虽然不过是出了点钱而已。"

听他这么说我很欣慰。我不太了解他到底是谁，但是我慢慢明白他是一个什么样的人。他爱动物。

"你对我们的资金援助可不是一点两点。"老爸说，"这辆皮卡，还有一辆医疗拖车——都让我们感激不尽。"

"这些都抵不上那个刚出生的小姑娘!"吉米兴奋地说。

我们绕过隔离区，象群映入我们的眼帘。

"他们在那儿!"吉米大喊，"在那儿!"

我减慢车速。只要开车经过象群，我都不会开得太快，也不会离他们太近。我正准备在一块草地边靠边停下，车还没停住，副驾驶那边的车门就被打开了，吉米迫不及待地要跳下去。老爸一把抓住他的胳膊，我猛地踩住刹车。

"你要干什么?"老爸严厉地说。

"不好意思。我看到大象了，我想下去看看。"

"幸亏你不是在直升机上看到他们。"我说。

"对,直升机的门是锁着的……你又在开我的玩笑,好吧。"他下了车,径直向象群跑去。

"等等!"我朝他大喊一声,幸好他停住了。我跑上前去,追上了他。"他们不认识你。如果你一下子凑上去,会吓得他们四处逃散。"

"再次抱歉。"

"跟着我们走,我们会把你介绍给大象的。"

"又开玩笑?"

"不是玩笑。"老爸赶上了我们,"他们需要知道你对他们来说没有危险,尤其是现在。他们刚刚迎来一头小象,保护意识很强,黛西·梅的死也让他们很不容易接受一个陌生人。"

吉米夹在我和老爸之间,我们一同向象群走去。大象看到了皮卡,正望着我们。他们当然知道——就算不是通过眼睛,也能通过气味——我们中间来了个陌生人。乔伊斯站在一棵树下,腋下夹了本书,她向我们挥了挥手。我们也朝她挥了挥手,她向我们走过来。

我从大象们的腿间看到了毛毛。她那么小,不仔细看,很难看到,但是她独特的皮肤颜色让我一下子就看到了她。她正和同母异父的兄弟贝加在一起。他们的妈妈是同一个,他们的爸爸一定相差极大,因为毛毛和贝加小时候的样子很不一样。

"哇，天哪，我看到她了。"吉米说，"那就是她，躲在后面的那个，是不是？"

"是她。"老爸说。

"几个人看过她？"

好奇怪的一个问题，我心里想。

老爸接过话，做了回答。"让我想想，我们俩，当然再加上乔伊斯，"他说，"还有帕特森夫妇、奈杰尔、珍娜，他们都给她喂过食。"

"还有莫根医生、另外两位兽医格蕾丝医生和特瓦瑞斯医生。"我补充了一句。

"那就是说，我是全世界第十一个看到她的人。"他说。

"你说得没错。"老爸赞同地说。

"整个地球上第十一个活着看到她的人。"

我和老爸交换了一下眼神。他是什么意思？是和那些看过她然后死去的人相比吗？

"吉米，这位是乔伊斯。"乔伊斯走到我们跟前时，老爸介绍说。

"律师乔伊斯？"

"我叫乔伊斯·赫伯恩，是的，我是一名律师。"她说。

"我不喜欢律师。"

我憋住笑，因为大部分时候我深有同感。

"为我的公司干活的律师有十几个，但是我不喜欢他们。我们能离她更近点吗？"他已经和乔伊斯打完了招呼，正望着象群。

"当然可以，不过你得和我们一起，慢慢地走近——不要突然冲上去。"老爸说。

我们向特里克西走去。她是象群的女族长，也是守护者和保护者。她还不认识这个长着一头浓密白发的小个子男人，还不能确定要不要信任他。

"早上好，特里克西。"老爸说。

她把头偏向一边，耳朵微微抽动了一下。

"特里克西，这是我们的朋友吉米。"我说。我不太确定这个词是不是合适，但是我觉得她肯定不知道什么赞助人、合伙人之类的词。

他扭头转向我："朋友？真是太好了。谢谢你这么认为。"

"呃，当然。再靠近点。"我说。

我们径直站在了特里克西跟前。她伸出鼻子，吓得他往后一退。

"没事，"我说，"她是想和你握手。"

虽然他没完全听懂，特里克西却听懂了。她再次伸出鼻子，碰了碰他的头顶，在他身上上上下下地嗅了个遍，闻着他的气味，又把鼻子伸到他的头发里，然后又放低鼻子，用她的"手指"轻轻地抚摸他的脸。

吉米咯咯地笑了："好痒。"

"看得出她喜欢你。"老爸说。

"我也喜欢她。你好，特里克西。是你在帮忙照看我们的小姑娘吗？"

他的声音温柔平静，语速也比跟我们讲话时慢了很多，好像他和特里克西说话比跟我们以及所有人说话更放松、更自在一样。我打心底里能体会那种感情，相信老爸也能。

"你介不介意我去和小象说说话？"吉米问。

"当然不介意。"老爸说。

"我问的是特里克西。"他说。

我忍不住偷偷笑了。这个想和毛毛说说话的小个子男人跟我想的那个合伙人完全不是一个人。

"她说可以。"老爸说，"萨曼莎，你可以带他去。"

吉米突然伸出手，拉住了我的手，然后又向后伸出另一只手，拉住老爸的手，老爸拉着乔伊斯的手。他们都跟在我身后，我感觉自己就像个火车头，又像一头领头象。

我每见到一只动物，就直呼他们的名字，吉米学着我，跟他们打招呼。贝加走到一边，毛毛第一次毫无遮挡地出现在我们面前。

吉米屏住呼吸。"我简直不敢相信自己的眼睛。"他说，"她比我想象中要漂亮得多。"

"她很可爱，但是，她身上好多毛，看起来有点怪。"我说。

"不，那正是我期望的样子。"

很明显，他以前没见过多少刚出生的小象。我自己也从来没见过毛毛这么小的小象。

我在毛毛跟前停了下来，她嗅了嗅我，轻轻地把我往后顶了顶。虽然她动作轻柔，但她毕竟是一头好几百斤重的大家伙呢。

吉米弯下腰，看着毛毛的眼睛。她好像有点慌乱，竟然把脑袋藏到了我的身后。

"她看起来非常完美。"吉米说。

"在我们看来，她的确很完美。"老爸说，"四条腿，两只耳朵，一个鼻子——该有的都有。"

"她吃得也还好吧？"

"莫根医生说，她这两天差不多长了七八公斤呢。"我说。

"我们有一个执勤人员表，人们轮流喂她。"乔伊斯说。

"都是乔伊斯想出来的点子。"老爸补充了一句。他看了她一眼，露出微笑——一个又大又傻又开心的微笑。乔伊斯总能让他开心。

"一个律师终于做了点我认同的事。"吉米说。他把手轻轻地放在毛毛身上。

"她喜欢有人挠她耳朵后面。"我说。

他马上去揉她的耳后，她向他靠得更近了一点。

"小姑娘，你是个奇迹，一个完完全全的奇迹，我从没想过会亲眼看到你。"吉米说。

"她叫毛毛。"我说。

"毛毛?"他问。他直起身子，转向我和老爸："你们叫她毛毛?"

"是萨曼莎的主意。"

"这个名字跟她是绝配。"我说，"你不喜欢?"

"非常喜欢，是绝配。我只是没想到，我没说，你们就猜出来了……我原本打算今天告诉你们的。我原本是想见到她后再告诉你们的。"

"猜出什么?"老爸问，"要告诉我们什么?"

"她不是一头普通的大象，她是一头长毛猛犸象。"

14

"麻烦你再说一遍。"老爸说。

"对，请再说一遍。"我说，"我刚才听你说毛毛是一头长毛猛犸象。"

"我是这么说的，她的确是。"吉米说。

"不可能吧？"我说。

"猛犸象早在 5000 多年前就灭绝了。"老爸摇了摇头。

"虽然最近有人发现一小部分猛犸象曾经生活在弗兰格尔岛^①上，他们 3500 年前才灭绝，但是，人们一般认为，猛犸象是大约 4000 年前灭绝的。"

"不管怎么说，猛犸象已经灭绝很久了。"我说，"不存在

---

① 俄罗斯北冰洋沿岸岛屿，位于东西伯利亚海与楚科奇海之间。

了，这头小象不可能是猛犸象。"

吉米看了看我，又看了看我爸，又看了看乔伊斯，然后又看了看我，不禁咯咯地笑了。

"你在开玩笑吧？"我说。

"是你们跟我开了个玩笑。"吉米说，"看来你们之前真的不知道，只是取了个名字，而我不巧说漏了嘴。我说她是猛犸象不是普通的大象。我原本打算在告诉你们之前，慢慢地透露给你们，跟你们解释。"他指着毛毛说，"猛犸象曾经灭绝了，但是你们看，现在又有了。"

"这不可能是真的。"我说。

"不，这是真的。我相信他说的话。"老爸缓缓地说，"这正好能解释为什么毛毛跟我见过的任何一头刚出生的小象都不一样。"

"也能解释为什么有人愿意花 100 多万美元去造她。"乔伊斯接了一句。

"其实，加上所有的研究费用，总花费差不多 7000 万美元。"吉米兴高采烈地说，"但是这件事值这些钱。毛毛是真的，眼见为实，你还要什么别的证据？"

毛毛不解地看着我，好像想弄明白我们在谈什么。

"为什么你一开始不告诉我你的计划呢？"老爸问。

"我的商业利益需要我守口如瓶。我们预测大约有 5% 的成功率，所以你和我只有5%的机会需要进行这样的对话。而且，如果我提前告诉你，你可能会觉得我有点疯了，对吧？"

"可不止一点。"老爸说。

"我知道她的幽默感是从哪儿来的了。真有意思。"

"我可不是想逗你。"老爸说，"这真是疯了。"

"这不是别人第一次用这个词来形容我或我的想法，当然，也不会是最后一次。但说实话，站在这里，看着毛毛，我不得不说她是科学天才和奇迹相结合的产物，而不是我疯狂的想法造就的残次品。"

我们几个站在那里，凝视着毛毛，她也天真地看着我们。

"但是成本可真够大的。"乔伊斯说。

"奇迹总是需要代价的，其实，那也没多少钱。"吉米说，"钱，我有的是，但是谁有猛犸象呢？你觉得一头长毛猛犸象对这个世界来说有多大价值？"

老爸摇了摇头："几乎无法想象。"

"那是因为她是无价之宝，毛毛就是无价之宝。"吉米说，"我们现在就站在这个有史以来最珍贵的动物身边。"

"但这是怎么做到的呢？"我问。

"这件事需要相当先进的技术，但是从某些方面来说又非常简单。我开发了一个软件包，可以对动物基因结构进行排序——狗哇、猫哇甚至是人的基因。你所需要的只是一份身体组织的样本。我把它列在电脑上，我本来想给你们演示一下，告诉你们这个消息，解释给你们听的。如果你们现在想看，我去把直升机上的笔记本电脑拿过来。"

"直升机？"乔伊斯问。

"他有一架直升机。"我说，"他直接飞过来的。"

"理论上来说，直升机是属于公司的，但公司是我开的，所以我觉得它也算是我的。我们有三架直升机，还有一架商务机。"

"等等，"乔伊斯说。她走到吉米跟前，盯着他看了看。他俩身高几乎不相上下。"吉米，是詹姆斯的昵称……你是詹姆斯·墨丘利？"

"对，我是詹姆斯·墨丘利。"

"詹姆斯·墨丘利，全球顶尖科技公司之一詹墨有限公司的创始人和总裁？"

"全球前三，受之有愧。"

乔伊斯转向我和老爸，挥舞着手，指着吉米，说："他是全世界最富有的人之一。"

吉米耸了耸肩："会计师们是那么说的，但是说的只是钱——钱是个抽象的概念，它唯一的作用就是让我们追求梦想。我现在可以给毛毛喂食吗？"

"我觉得没问题。"老爸说，"毕竟，她属于我们所有人。"

"属于所有人，并将最终属于全世界。"吉米说。

*　　*　　*

吉米绕道去直升机上取他的电脑时，我们进了房子里。乔伊斯最后一个进来，她砰的一声关上了门。

"我的天哪，竟然是詹姆斯·墨丘利。"她说。

"那是他的真名还是他自己造的名字①？"我问。

"是真名。他是个天才。"

"如果你看到他怎么开车的，就不会那样想了。"

"不。他是个真正的、经过认证的天才。他设计了很多电脑程序和系统、应用程序，发明了很多医疗设备、科学仪器、新的金属元件等等。"

"他的事你怎么知道那么多？"我问。

"他上过《时代》周刊的封面、《新闻周刊》的封面、《经济学人》的封面——几乎全球所有重大科技和商业杂志的封面，还接受过美国新闻电视节目《60分钟》的专访，我甚至还读过一本关于他的未经授权的传记。"

"所以，他不只是一个喜欢动物的有钱怪咖。"老爸回应道。

"他样样都很出色。如果说有人能克隆出一头猛犸象，那简直非他莫属。"乔伊斯说，"他说钱不算什么的时候，真不是开玩笑。他的净资产大约有180亿美元。"

---

① 墨丘利，罗马神话中的商业神，即希腊神话中的赫尔墨斯。

"你说的是亿，不是万，对吧?"我问。

"是亿。他除了是詹墨有限公司最大的股东和总裁外，还拥有各种高科技和通信公司。"

"原来如此，我懂了。"我说。

"你想说什么?"老爸问。

"他想要的是个宠物。"我说。

他俩看上去有点摸不着头脑。

"我们这儿的一半大象都来自'私人收藏'。有的富人觉得自己应该养一头大象当宠物，就去买一头。有的人，钱比脑子多。"

"你的意思是，这个吉米，他的钱比其他人都多，所以想要一个别人都没有的宠物，"老爸说，"所以毛毛就是他拿来炫富的东西。"

"我觉得你对他的判断过于武断。"乔伊斯说，"他可能还是全球动物保护事业和动物救助事业最大的资金捐赠者。他刚刚在亚马孙雨林买下了 700 多平方千米的土地。"

"他准备在那块地上做什么?"我问。

"什么也不做。他把那块地委托给了一个信托公司永久保存。他觉得保护这片雨林最好的方式就是买下它。"

"我得承认，这种做法简直太让人佩服了。"老爸说。

"他为拯救濒危动物和保护它们的栖息地做出了贡献，其中包括亚洲的大象。"

"更让人佩服了。"

"他的援助工作已经从帮助第三世界的国家研制和分发疫苗，扩展到设立数百个饮水项目，再到为抗击疾病和寻找治疗方法的研究提供资金。"

"听起来像个非常了不起的人物。"我说。

"除非他登上了《国家地理》杂志，否则我们不可能知道他。"老爸开玩笑地说。

"他曾经接受过《国家地理》杂志的专访，几年前还上过封面呢。"

"那就对了，我们家的都是早就过期的期刊。"我说，"最新的一期比我的年龄还要大。"

"但是，重要的是，他是个真正的人道主义者和动物保护主义者。"乔伊斯说。

"他还有点怪。"我说。

"他是个十足的怪人，很多天才都是。我曾经读过一篇关于他的流行心理学文章，他是另类中的另类。"

"你若觉得自己应该养一头长毛猛犸象，你也会显得很另类。"我说。

"的确如此。我刚才还在想为什么你说毛毛是他的一只价格不菲的宠物，谁才是毛毛的主人？"乔伊斯问。

"我们！"我连忙转向老爸，问："对吧？"

"我们有绝大部分的所有权，吉米只拥有这个保护区 10%的所有权，包括里面的各种动物。剩下的，都是我们的。"

"所以，你和萨慕拥有这个全世界最有价值的动物的 90%的所有权。"乔伊斯说。

"我觉得是这样。"老爸赞同地说，"我觉得没错。"

有人轻轻地敲了敲门，门开了，吉米探进头来，问："我可以进来吗？"

"你拥有这个地方 10%的所有权，就是我们想阻止，恐怕也阻止不了呢。"我说。

"又开玩笑！理论上来讲，我可以进来 10%——我的身体只有 10%可以进来。"

"有意思。"我说。

他把头扭向一边，说："我不觉得自己有趣。"他进了门，手里拿着一台顶级的笔记本电脑。

"哇，我敢打赌，很多很多人觉得你很有趣。"我说。

他咯咯地笑了："很多人觉得我古里古怪、不同寻常、与众不同、格格不入、滑稽可笑，这些跟幽默都不沾边。你倒是很喜欢开玩笑。"

"其中不少人都很可笑吧？"我说。

"很多。"

"有的人觉得我很俏皮。"

"你也与众不同。你和你爸爸经营着一块大象保护区。"他说，"在很多人看来，凭这一点就可以称你们俩为怪人。"

"或者觉得我们完全疯了。"老爸说。

或者称我为大象女孩，我心想。

"有时候我觉得他们说的有那么一点对。"老爸接着说，"脑子正常的人有谁会觉得这正常呢？"

"正常这个词被严重高估了。"吉米说，"你们做的堪称高尚。"

高尚——这个词我喜欢。

我们围着餐桌坐了下来，吉米打开笔记本电脑。

"打开猛犸象基因测序项目。"他说，然后电脑开始执行命令。他意识到我们惊奇的反应，说："这个完全是声控的。它能识别我的声音，我叫它干什么它就干什么。"

"你发明的？"乔伊斯问。

他耸了耸肩："'发明'这个词恐怕有些言过其实了。我只是对基础的语音识别软件进行了改编，并创建了一个内部应用程序。不出两年，大多数私人电脑都将通过这种方式进行操作。"

"那就更神奇了，把我的声音也加进来吧？"我说。

"这正是这个世界所需要的——人们将越来越多地与电脑

打交道。"老爸补充了一句。他也使用电脑，但是用得不多。

"我保证你们能用上第一批发布的测试产品。如果一切按计划进行，两个月后你就会有一个。"

"你不是在逗我玩吧？"我问。

他摇摇头："记住，我没那么无聊。"

"那简直——太感谢了！"

"别客气。现在这个特别的项目——这个克隆项目——你们是想从 4 年前、4000 年前还是 40 万年前看起呢？随你们。"

"'40 万年前'听起来像是故事的开头，要不就从那时候开始吧？"我建议道。

"很好。大约在 40 万年前，长毛猛犸象从东亚的草原猛犸象中分化出来。"他清了清嗓子，说，"早期猛犸象。"

电脑屏幕上的图片变成了两个看起来像大象的动物，一个标着草原猛犸象，另一个标着长毛猛犸象。我发现我们的小毛毛跟她的远古祖先可真像呢。

"北半球。"

屏幕上出现的是一张北半球的地图，重点放在苔原和极地地区。

"长毛猛犸象盛极一时，他们的栖息地曾遍及整个北欧、亚洲和北美洲。"他说，"进行对比。"

屏幕上立刻显示出一头长毛猛犸象、一头非洲象和一头亚洲象。

"猛犸象的体形和非洲象不相上下，但是他们有特殊的适应能力，所以能够在北方严酷的气候中繁衍生息：他们体毛长，外层的长针毛覆盖在内层的短绒毛上，用以保暖；短耳朵、短尾巴有助于减少热量损失，减少冻伤的可能性；长牙可以用来在雪地里找草吃。"

"耳朵和前额看上去更像亚洲象。"乔伊斯说。

"观察得棒极了。亚洲象与猛犸象的基因最为接近。现在我们跳到大约 4000 年前。一头非常活跃的猛犸象生活在东西伯利亚。"

"在俄罗斯。"

"现在是叫俄罗斯。那是一头健康的雌猛犸象。"

"你知道那是怎么回事？"老爸问。

"因为她的整个身体都保存在冰下。"吉米说。"挖掘。"他命令道。

屏幕上显示出一张全身都是毛的长毛猛犸象尸体的照片，尸体周围围着一群身穿大衣的男人。

"考古学家们认为，她深陷泥坑，无法自救。"

"这种事也曾发生在现代大象的身上。"老爸说。

"她应该是窒息了，然后沉入泥坑，被冻住了。"

"所以你并不是只有化石遗迹，你还有整个猛犸象的尸体，她真正的血肉之躯。"老爸说。

"完好无损。"吉米说，"她的血液都还是液体状的。"

"那怎么可能啊？"我问。

"猛犸象的血液中可能有某种相当于防冻剂的东西，就算在荒凉而冰冷的火星上，他们也可以生存下来。我派了一个团队去提取这种化合物，研究它的实际应用，以及如何将它用于机械系统中。"

"你若是不那么做，我才觉得奇怪呢。"乔伊斯说，"太让人吃惊了。"

"但是发现冰冻的猛犸象尸体的过程就没那么有意思了。"

"就像大海捞针一样。"老爸说。

"还要在捞出的众多细针中找到某一根针。从20世纪20年代开始，有近50种不同的猛犸象冷冻组织样本被发现。这些是我收到的第一批照片。"他说，"早期的发掘。"

我们都朝屏幕靠近了些。

一组照片显示，一个像大石头一样的东西从泥坑中冒了出来，工人们一直挖一直挖，直到整个尸体完全露出来。

"它看起来像在沉睡。"我说。

"又像昨天才刚刚死去。"老爸说。

"我一看到这些照片，就决定必须买下它，保存好它。"

"我知道你买得起，但是你怎么保存它呢？"乔伊斯问。

"我把它转移到一个巨大的冰柜里，这样就能让它保持冰冻状态，防止细胞变质。换句话讲，我不想它腐烂，所以就一直冻着它——就像你们从超市买的冰冻晚餐。"

我们几个坐在那里，默不作声。

"当它还处于冰冻状态的时候，我们就对它进行了检查，做了全面的尸检，准备好了载玻片，收集到了遗传物质。"

"那么你又是怎么把它变成毛毛的呢？"我问。

"这个问题问得好。有两种方法：要么培育一个大象和猛犸象的杂交动物，要么创造一个完完全全的猛犸象。"

"你不想要一个100%纯种的猛犸象吗？"老爸问。

"当然想，但是从科学的角度讲，那要难得多，当然成本也要高得多得多。"

"所以自然而然地，你选择了第一种。"乔伊斯说。

"当有些方法更好、更难完成时，这就是我们必须要走的路。我们能够得到长毛猛犸象的DNA，并由此创造出一只克隆动物。你知道什么是克隆动物吗？"他问我。

"就是在基因上与母体或父体完全相同的幼崽，而不是父母基因组合的产物。"

"完全正确。"

我耸了耸肩。"我们在科学课上学过。"我说，"有一只羊是世界上的第一只克隆动物，对吧？"

"绵羊多莉。"他肯定地说,"她是第一个,但后来的技术更加完善了。以狗为例,现在差不多有 10% 的克隆狗能够生育。"

"生育?"

"生下来时足够健康,能活下去并进行繁殖。"

他让电脑向我们展示了许多画面,都是一些技术性的工作,目的是剔除雌象卵细胞中的 DNA,代之以长毛猛犸象的 DNA,然后让一个细胞分裂成两个,两个细胞分裂成四个,以此类推,然后把这些细胞再放进雌象的身体里,这头雌象就变成了宿主。

"你在我们这儿的三头大象身上都植入了用来克隆猛犸象的卵子?"老爸问。

"你们这儿的三头大象,还有世界各地的另外十七头大象。"

"你们让二十头大象怀孕了!"老爸大声说。

"是的,我们除了投资了这个保护区,还投资了另外七个保护区和动物园。"

"所以你们做了二十次尝试,是为了增加成功的概率。"乔伊斯说。

"从统计学上来讲,这么做最合理。"

我有些目瞪口呆:"你的意思是,毛毛不是唯一的?"

他摇了摇头:"只有一枚卵发育成熟并成为一头活着的猛犸象,那就是毛毛。"

"所以毛毛是唯一的，"老爸说，"唯一的猛犸象。"

"她是整个地球上唯一一头活着的猛犸象——事实上，也是这个星球上 3500 多年来唯一的猛犸象。"

"如果一切顺利，本该有二十头的。"我说。

"理论上是这样。"吉米说。

"二十分之一，这个结果看起来很糟糕。"我说，"因为你哪个地方做得不对吗？"

"这个问题问得合情合理。普通克隆动物的 DNA 取自刚死去不久的动物，而不是冰冻了几千年的动物，我们得考虑到这些物质变质或退化的可能性。还有，大象的妊娠期很长，所以出差错的可能性也更大一些。我们预计的成功率是 5%。"

"二十分之一正好就是 5%。"老爸说。

"正如我们所料。"

"所以，毛毛是现代科学创造的奇迹。"乔伊斯说。

"也正是因为如此，我们必须密切关注她、照料她和保护她。"吉米说，"我认为，最好其他人都不知道她和新生的小象有什么区别。想象一下，记者们知道这里有一头猛犸象，恐怕要挤破大门吧？"

"那可就成了另类动物园了。"乔伊斯说。

"事实上，一直有狗仔队跟踪我。假如这个事情走漏了风声，将会有更多的狗仔队围上来。"

"我们会保守秘密的。"我说。

"嗯，你们得守住这个秘密。"吉米说，"你们签署的协议里有一条保密条款。"

"一条什么?"

"一条协议，你和杰克都不能透露你们在做什么。"乔伊斯说。

"我知道这个。"老爸说，"你根本不需要那个条款。我们保证。"

"作为这个保护区的律师，我有专业的受托责任，必须对事情保密。"乔伊斯说。

"还有，就算我们说了，有人会相信我们吗?"我问。

"人们随时会接受这个事实，这出乎你的意料吧?"吉米说。

"游客和志愿者要来怎么办?"老爸问，"随着她慢慢长大，我觉得她会越来越像一头猛犸象。"

"问得好。我希望你无限期暂停周日开放，我会弥补你的这些损失，这样可以吗?"

"没有问题。"

我知道，要不是因为缺钱，老爸才不会允许周日开放呢。

"我还希望不要有更多的志愿者到这里来了。"

"我们可以不要游客，但是我们需要志愿者呀，尤其考虑到饲养毛毛需要做很多杂事。"老爸说。

"还有贝加。"我加了一句。

"我理解你的需求，也会对你所做的额外工作进行补偿，你就放弃别处的工作留在这里吧？我会定期给你发工资。"吉米说，"这样行不行？"

"留在这儿比去餐馆打工好多了。"老爸说。

"你觉得格蕾丝医生和特瓦瑞斯医生怎么样？"吉米问。

"非常能干，他们给我和莫根医生都留下了深刻印象。没有他们，毛毛就不可能活下来。"

"好。我会让我的人跟他们联系，经你允许后，他们将成为这个保护区的员工。"

"你怎么知道他们会欣然同意？"乔伊斯问。

"有钱能使大多数鬼推磨，还有，这么一个历史性的事件，谁不想沾沾光呢？他们竟然有机会成为长毛猛犸象的私人兽医呢。"

"毛毛已经有一位兽医了，"老爸说，"莫根医生就是。"

"我们将雇佣他做全职兽医，以增加你这里的员工数量，我们还会让他们都签署保密协议。"

"我们要不了三位兽医。"老爸说。

"也许不是必要的。"吉米说，"但是，我们怎么知道哪里会出问题？为什么放着手边的现成资源不用呢？我们要对得起毛毛。我们有责任把她照顾得无微不至。"

这种逻辑很难反驳，甚至试着反驳本身就是错的。

"我已经安排了另一种形式的协助，你的园区周围有一队保安。"

"什么？"我和老爸异口同声地问。

"我一得到毛毛出生的消息，就悄悄在这个保护区安置了保安。"

"他们开着白色的皮卡？"老爸问。

"是的，应该就是他们。"

"昨天我看到了几辆皮卡，还以为我这些日子没睡好，出现了幻觉。"

"他们的任务就是在我和你们谈过之前，谨慎地保护好这个地方的周边地区。我觉得加强安保是明智之举。"

"我们还有一群大象可以保护毛毛呢。"老爸说，"我觉得我们不需要保安。"

"大象会用他们的生命保护毛毛的。"我说。

"他们的生命在拿着高能步枪的人面前不堪一击。"

我感到后背一阵发凉。

"你真的觉得会有人那么做吗？"老爸问。

"我是在考虑最坏的可能性，并为此做好准备，以确保这样的事不会发生。"

我眼角的余光瞥见了一丝动静。我向窗外望去，特里克西领着象群正朝房子这边走过来。毛毛在他们中间，拽着贝加的尾巴。我深知，象群会在必要的时候用他们的生命护住毛毛，我只是希望这种时候不要出现。

"我们应该留下保安。"我说。

老爸和乔伊斯都很吃惊。

"这没什么坏处吧?"我问。

老爸点了点头："那我们就留下保安吧。"

"棒极了。好了，如果没有其他问题了，我得走了。"吉米说。

"留下来吃完晚饭再走吧，如果你愿意，过个夜也可以呀。"老爸说。

"心领了，我的公司还有很多事要处理。另外，如果我离开得太久，可能会有人注意到我在这里，或者注意到这个项目。"

"什么意思?"我问。

"跟踪我的不仅有狗仔队，还有公司间谍。你都想不到为了不让任何人知道我们要去哪里，我们采取了什么样的飞行路线。实际上，为了避开雷达侦察，最后8千米我们飞得很低。我甚至派自己的私人保镖开车把狗仔队引到了相反的方向。"

"安保人员、直升机、秘密，听起来你像在从事一场军事行动。"乔伊斯说。

"是的，的确是。胜利最终将属于我们。"

15

毛毛顶了一下格蕾丝医生，把她顶得后退了几步，连带着拔出了毛毛嘴里的奶瓶。格蕾丝医生皮肤白皙，长着雀斑，她总是戴着一顶大帽子，不停地补防晒霜，免得被太阳晒黑。特瓦瑞斯医生的皮肤是小麦色的，他好像不怎么在乎阳光。

"从没想过我竟然会给一头长毛猛犸象当奶妈。"格蕾丝医生说。

"谁会想到呢？"我说。

"大概任何一个神志清醒的人都想不到吧？我倒希望自己能想明白。她为什么不喝我手里的奶，反而喝你手里的呢？"格蕾丝医生说。

"我喂她的时间更长一些。"

话虽如此，但我觉得那并不是唯一的原因。我们站在象群中，她竟然有些焦虑，要知道，她可是一名动物园的兽医呢。

格蕾丝医生和特瓦瑞斯医生来我们这儿工作已经 4 天了。吉米扔出他的重磅炸弹两天后，他们就来了，说很高兴能再次回到这里。有额外的人手也不是什么坏事，不过他们没有我想象中那么有用。

"你爸爸说你希望将来当一名兽医。"格蕾丝医生说。

"我是那么计划的。"

"这个职业非常了不起，但你必须知道，考上兽医学校可比考上医学院更难。"

"我很聪明的，你要知道。"我反驳道。

"抱歉，我没有别的意思。我觉得你是个天才。兽医这个工作比搞科研辛苦多了，你也一定能感觉到。你对大象很在行。"

"过奖了。"

"他们的确让我觉得有一点不安。"她说。

"他们身形高大，你得明白他们的心思。我经常试着像他们一样思考问题。"

"我会试试。也许那样可以让我给她喂奶的时候更容易点。"

有她们两个在身边，我很安心。不过，老爸现在是全职了，一切都井井有条。吉米付给他的工资是在餐厅打工时的两倍，他得以终日和大象待在一起。他说这简直是美梦成真了。这个美梦让我心神不定，因为美梦跟噩梦也就一字之差。

"要不要我来喂她？"我问。

"毛毛也许喜欢你来。"她把奶瓶递给我，毛毛几乎立刻吸了上来。

"她的体重长得可真快。"格蕾丝医生说。

"长了多少？"

"她刚出生的时候是 80 公斤，现在长到了 133 公斤，也就是说，过去的两周，她平均每天长了大约 3.8 公斤。"

"那很好哇，是吧？"我问。

"对大象来说，再好不过了，所以我们推测，对一头长毛猛犸象来说也很好。"

自从知道了毛毛的真实身份，我就把空闲时间都用在了研究猛犸象上，要学习的东西太多了。他们一度占领了整个北极苔原和草原，大群大群的猛犸象在那里随意行走，就像曾经在非洲和南亚随意漫步的大象一样。几十万年来，他们主宰着自己的世界，他们是最占优势的动物，什么都不怕。就算他们的天敌剑齿虎——现在也灭绝了——也只能欺负一下小猛犸象，对成年猛犸象构不成任何威胁。所以猛犸象象群保护着年幼的小猛犸象，就像特里克西和其他大象保护着毛毛一样。

恐龙在几千万年前就已经灭绝了，恐龙灭绝的时候，人类甚至都还没有在这个星球上出现。猛犸象就不一样了，也许是人类造成了他们的灭绝，至少在某种程度上是这样——就像现在濒临灭绝的非洲象和亚洲象一样，猛犸象曾是人类猎食的对象。那时还没有出现保护组织或者保护区。

猛犸象灭绝了4000年左右，看起来像是很久很久以前的事，在历史的长河里，却不过是弹指一挥间。猛犸象曾出现在早期人类的洞穴壁画中，西伯利亚的人们经常在冰雪和永久冻土层中发现冰冻的猛犸象象牙和尸体。正是因为这样，才有了现在的毛毛。

过去已成历史，未来尚且可期。兽医们所知道的一切，老爸所知道的一切，都只是关于大象的事。猛犸象和大象是近亲，然而那就意味着他们一样吗？猛犸象的死亡率更低还是更高？有没有某些疾病，大象不易感染而毛毛却容易感染？

另外，毛毛不仅仅是一头猛犸象——她还是一头克隆的猛犸象。她是用一具数千年前的尸体通过科学手段克隆出来的产物。她会不会因为某个环节的问题而特别脆弱？我们无从知晓，也无人知晓。

好在我们有三位兽医。格蕾丝医生和特瓦瑞斯医生都住在这儿，分别住在两间空闲的卧室里。多了两个人一起吃早餐总让人觉得怪怪的，好在我们已经见怪不怪了。

乔伊斯待在这个保护区里的时间越来越长了。她平时要去上班，每天晚上都回来，有时候早上还吃个早餐。有她在这儿，我心里可高兴了——放在几周前，这是想都不敢想的事。老爸不太喜欢闲聊，他总是埋头吃饭，另外两位医生，我觉得都不善交际。只有乔伊斯特别善于找话题，还很健谈。

团队成员依据新的时间表，分班给毛毛喂食。我做完分内的工作之余又加了几次班——每隔一天值个白班，又值了几次晚班。所以，当我得知毛毛的体重一直在增长时，我个人特别自豪，因为大部分活都是我干的呀。

"今天早上我在保护区外面溜达了一会儿，跟门口的一个保安聊了聊。"格蕾丝医生说。她今天特别健谈。

"他还友好吧?"我问。

"没那么友好。不知道是保安天生就有让人敬而远之的气质，还是他们只是在用心扮演保安这个角色，总之大多数保安都闷头闷脑的，而且他们不知道自己保护的对象是什么。"

"不足为奇。吉米就是不想让他们知道。"我说。

"他也让我和特瓦瑞斯医生都签了保密协议。"

"我们都签了。"我说，"这是件特别机密的事。"

"相当机密。这个吉米·墨丘利是个什么样的人?"

"你没见过他吗?"

她摇了摇头说:"他雇佣我们都是通过律师来联系的。"

"他是有些与众不同。"我不想再说什么了，但是他的有些地方让我有些不安。

"我觉得大多数亿万富翁兼天才发明家都有些与众不同。"

"老爸现在每天晚上和他打网络电话。"

"我们每天晚上也要给他发送一个报告。"她说。

"你和特瓦瑞斯医生?"

"我、特瓦瑞斯医生和莫根医生。他让我们三个分别写出三份不同的关于毛毛健康状况的报告。"格蕾丝医生答道。

"我觉得那说明他真的很关心毛毛。"

毛毛喝完一瓶奶后,我把瓶子举起来给格蕾丝医生看。

"真棒。"她说,"你对动物了如指掌,我相信你会成为一名优秀的兽医。"

"谢谢。这话对我来说意义重大,尤其是从你嘴里说出来。给毛毛喂奶需要时间,也需要练习。我得走了,我要去检查一下围栏。"我说。

"有保安负责检查。"

"他们只是守护围栏,并不修复围栏。"

"昨晚的暴风雨可真大。"她说。

"每年的这个时候都会有暴风雨。"

"我不知道围栏有没有事,不过那个旧仓棚的板子倒是被吹掉了好几块。"她说。

"我们料到那些板子有一天会掉下来。我会尽快回来给毛毛喂食，但是如果我回不来，你能喂吗？"我问。

"没问题，但是我不能保证她会听我的。"

我把空奶瓶递给她。

我准备离开的时候，觉得还是有人陪我一起去看更好。"拉亚！"我喊道。

拉亚扭头看着我，好像在思考我要他干什么。

"拉亚……过来！"我命令道。

他像一只灰色的大狗，向我小跑过来，径直跑到我身边。我向他打了个手势，示意他我要上去。他放低鼻子，我抓住它，脚踩在鼻尖的蜷曲处。他毫不费力地把我举了起来，仿佛我比一根羽毛还要轻。我轻快地爬上拉亚的头顶，顺势坐到了他的背上。

"你还真有两下子呢！"格蕾丝医生大声说。

"其实是大象真有两下子，不过谢谢夸奖。拉亚，去那边！"我指着大门口喊道。

拉亚立刻听从指令，向那边走去。一般来说，他不会擅自行动，但是有我这个族群成员和他一起就没问题。他每走一步，我的身子就要前后晃一下。坐在大象背上的那种感觉，难以用言语描述。很多人骑个马就激动得不行，实在有些大惊小怪。马温顺驯良，还有很多别的优点，但是论个头，跟大象一比，就是小巫见大巫了。事实上，大象驮起一匹马也是轻而易举的事。

我喜欢骑大象。小时候，我总喜欢异想天开，想象着骑着大象而不是坐公交车去上学。我想象着把大象拴在老师们的停车场的场景，想象他在校长的车上蹭来蹭去，甚至坐在引擎盖上。到了放学的时候，车子会被蹭得一道一道的，被踢得坑坑洼洼的。校长责备我的大象时，我就反驳说："你怎么知道是我的大象干的？"

此刻，我骑在拉亚的背上，宛若女王，至少像个公主，心里不禁想："如果我现在打扮成那天参加舞会的样子——穿着新裙子，盘着头发，化着淡妆——这应该是我最接近公主的模样吧？"倒不是我想当公主，我想当的是兽医……但是……我心里毕竟还是喜欢那种打扮的，喜欢布兰登围着我转的那种感觉。

遗憾的是，那身衣服我只穿了一次，只穿了几个小时，就进了垃圾桶。真希望能再多穿一会儿，真希望还有几场舞会。我不由得深深地叹了口气。过去的已经过去了，一去不复返。再说了，裙子再好，也抵不上毛毛的诞生。

是呀，人这一辈子，有几件事你能改变得了呢？事情发生了，你只有顺势而为。我想，我很早就明白了这个深刻的道理。

到达大门处，我让拉亚右拐，我们沿着水泥墙内侧，顺着围墙走。水泥墙没什么问题，它建好两年了，依然坚固。建这堵墙花了不少钱，那时候，我还不知道我们有个合伙人。

真正让人担忧的是外墙。波纹状金属板看上去坚固而结实，但外表往往具有欺骗性，目前的状况就是如此。老爸不知从哪里弄来了大大小小、长长短短的金属片，把它们拼凑在了一起，其中有新的，但老旧的、二手的、被人丢弃的占了绝大多数。那些金属板用螺栓、螺钉和电线固定着，有的锈迹斑斑，有的磨损得厉害，只不过大部分锈迹都被五颜六色的油漆盖住了，显得光鲜好看。

我和拉亚要去的地方地势低洼，那里的围栏特别矮，一眼望去，一切尽收眼底。在围栏后方，有几棵树，还有一条沿着围栏踏出来的坑坑洼洼的土路。我们沿着围栏走过的时候，一辆白色的皮卡颠簸着顺着那条路开了过来，车后扬起一阵尘土。车停了下来，拉亚也站住了。我们盯着车子，我感觉车里的人也盯着我们。是保安还是绕过保安来到这里的什么人？不管是谁，不该他们看到的，他们绝对不可以看到。一个女孩骑着大象……好吧，虽然看起来有点奇怪，但也不是什么见不得人的事。

车门开了，走出两个男人。他们穿着一样的绿色制服，挎着带皮套的枪。不用说，我希望他俩是我们的保安。

他俩向我挥了挥手，我也向他俩挥了挥手。

"大象不错呀！"其中一个人大声说道。

"车不错呀！"我回了一句。

"我们在附近巡逻。"

"我也是。"我说，"不同的是，你们坐着车，而我骑着大象。"

"想不想换一下？"

"我对自己的坐骑相当满意。"我使劲在拉亚的脑袋上拍了拍，"走吧，帅哥。"

他们跟我们挥手告别，我们继续向前走。他们看起来挺友好的，格蕾丝医生可能有点武断，我猜是不是因为她说了什么不该说的话，惹恼了他们。

围栏里面的这些地方是清理过的，但是我们没有时间管，杂草和灌木又长了出来。以前，我能看到围栏三分之二的位置，但是现在，围栏底部都被一些肆意生长的灌木挡住了。地面平坦的地方，我倒是没什么好担心的，但是低洼处和小溪流过的地方，让我有些不放心。我得仔细检查灌木丛后面的那些围栏，确保那里没有出现较大的缺口。

我们来到隔离区围栏的起点，里面关着巴玛。他比之前好一些了——老爸有好几个晚上没睡在边上了，但是整个过程耗费的时间比我们之前预期的要长得多。我觉得其中的部分原因是我们没有在巴玛身上花足够的时间和精力。我们把时间和精力都花在毛毛身上了。

象群从来没有来过这个隔离区的近旁，这种情况并非偶然。特里克西可能闻出了这头陌生的公象身上的气味，刻意让象群与他保持距离。她知道公象具有攻击性，这些天来，她一直比以往更加谨慎和警惕。一方面可能是因为黛西·梅的去世，加上一头小象的出生……小象？他们把毛毛当小象看的吧？不然呢？对他们来说，毛毛并非异类，既不是什么科研突破，也不是什么奇迹，更不是世界上最珍贵的动物。对他们来说，她就是一头刚出生的小象，是象群的一分子——一个失去了妈妈、需要照顾和保护的孤儿。

我们来到大门口，我喊了声"停"，又喊了声"蹲下"，拉亚都照做了。

"你在这儿等着。"说完，我穿过外层围栏的大门，并顺手关上了它。

我一边走，一边检查围栏，搜寻着巴玛。如我所料，他在树林里。我这才意识到他不只是为了躲在那里，他还要从较高的树枝上扯树叶吃。他比我们这儿的任何一头大象都高，所以能吃到隔离区里之前大象啃不到的树叶。

他看到我，立刻向我走了过来。我满心欢喜地想，他喜欢我，才向我走过来。但是他靠近我，是因为知道我给他带了苹果。幸亏我早有准备，口袋里提前放了三个苹果。隔离区里长着几棵海棠树，在这个季节的晚些时候会长出果实，到时候，他就可以自己摘果子吃了。那时候，他见到我还会像现在这么开心吗？更重要的是，两个月后他会依然被关在这里吗？我乐观地认为，他用不了那么长时间就会融入象群生活。

他走到水泥墙边，隔着墙站在我面前。我从口袋里掏出一个苹果，又向墙走近了一些。他伸出鼻子，没有去拿苹果，而是摸了摸我的脸颊，那是一种亲切而温柔的问候。

"我也很开心见到你。"

巴玛向我啾啾地叫了几声。他一直不太喜欢发出声音，他发出的声音和象群中的其他大象发出的声音也不大一样。如果他有机会和其他大象生活在一起，他会学会他们的一些声音吗？我曾读过一头韩国大象的故事，说他能模仿人类的语言。也许巴玛也能学会另一种语言——象群的语言。

他跟我打完招呼后，拿走了苹果。

像以前一样，他的动作很轻柔。

我突然看到老爸站在一边，抱着胳膊，脸色显得不太高兴。"巴玛还挺喜欢苹果的，不是吗？"他一边说一边走到我身边。

"你见过不爱吃苹果的大象吗？"

"每头大象都不一样，我猜有的可能不喜欢，这就是大象。一头大象喜欢怎样做，不代表所有的大象都喜欢那样做。同样，对某一头大象可以做的事，换作另一头大象，可能就不明智了。"

"你是想说，我不应该用手喂他吧？"我问。

"你知道我想说什么。"

"他一直都很温柔。"我说。

"并不是。他伤过两个人，还弄死过一个人。"

"也许那个人虐待过他。"

"那个站在笼子外被他撞飞后受伤的小女孩呢？她也虐待过他？"老爸反问道。

"也许她向他扔了什么东西，呃……也许没有。"

"我都还没有用手喂过他东西，我觉得还没到那个时候。"老爸说。

"到了。你看我都那么做过了。"

"我希望你不要再那样做了，现在不行，还没到时候。"

"什么时候才算到时候？"

"到我觉得是时候的时候。也许用不了一个月，也许更长点。"他停了会儿，说，"也许永远都不是时候。"

"什么叫'永远都不是时候'？"我追问。

"我现在开始怀疑他是否能融入象群，我还是担心他可能会伤人。"

"我没有这种担心。"

"就是因为这个才让我很担心。"老爸说，"你应该对他心存警惕，他可能会伤到你，甚至可能会踩死你。"

"他终究会被放到保护区里，只是需要更多时间而已。"

"我们还得为其他大象考虑。他不只可能会伤害到你，还有贝加、拉亚、毛毛呢，他比他们的个头大得多。"

"特里克西会保护他们。"

"他比特里克西的个头也大得多，他可能会把她伤得很重，甚至使她残疾，致她死亡。就算你不顾自己的生命安危，你也不顾他们的生命安危吗？"

当然不是。老爸的话让我陷入了沉思，但是并没有让我放弃希望。

"给他一些时间，"我说，"他需要象群离得更近一些，这样双方才能互相适应，我们以前就是这样做的吧？下一步要怎样做才能使他们更近一些呢？"

老爸点点头："我想过拆掉外层围栏的一部分，这样他们至少能看到对方。我们可以把象群的干草放到这里，鼓励特里克西带着象群走得更近点。"

"谢谢你没有放弃他。"

"没有一个人放弃过他，我们会给他时间。但是你得向我保证，在我没有说到时候之前，不会待在他够得到你的范围内。可以吗?"

"我保证。我能给他抛苹果,对吧?"

"就算我想阻止,我也不确定能不能阻止得了。"

我从口袋里掏出第二个苹果,轻轻地抛给巴玛。苹果掉在了巴玛面前的地上。他用那双深棕色的眼睛看着我,满眼迷惑,也许是满眼悲伤。他慢慢地、迟疑不决地低下头,用鼻子抓住苹果,放进嘴里。我觉得那个苹果可能没有从我手上拿到的那个苹果好吃。

他转过身,心情沉重地走开了。

16

老爸把最后一捆干草扔进隔离区的围墙内,这是我们尝试新计划的第三天。这堵水泥墙的内外各有一堆干草,里面的那堆是给巴玛的,外面的那堆更大一些,是给象群的。老爸没有食言,他把外围的围栏拆了一长段,这样巴玛就可以看到外面的象群吃东西,象群也可以看到围栏里面的情况。

第一天,特里克西本不想带象群到这儿,但是吃草的本能战胜了顾虑。她一直有些不安,时刻保持警惕,将自己置身于隔离区和其他大象之间,吃草的时候也一直面朝围栏的缺口。她知道巴玛在里面,就算看不到他的影子,她也知道他在那儿。第一天,巴玛根本没有露面,恐惧和戒备胜过了饥饿,所以他一直待在隔离栏的另一头,躲在树林里。象群能闻到他的味道,他也能闻到其他大象的味道,还能听到他们的声音。大象们总是静不下来，巴玛离他们并不太远，他们说了什么，都逃不过巴玛的那双大耳朵。巴玛躲在那里，直到象群离开才出来吃。

第二天的情况稍好些。巴玛没有直接过来吃，而是走到了一个双方能看见彼此的地方。特里克西像平时一样注视着他，盯着他出没的方向。贝加和毛毛被围在象群中间。拉亚可没那么老实，他越过特里克西，径直来到围栏边。他像一个十几岁的少年，有着强烈的好奇心，也总是很叛逆。

第二天快过去的时候，巴玛还是没有过去吃草，老爸决定再给他一些刺激。他开着皮卡进了隔离栏，车里放着半捆干草。他不想让巴玛空着肚子，但是又想让他第二天更饿一些，这样就有更多理由离象群更近些。

我焦急地站在隔离栏外，看着老爸开车进去，又从车上走出来，把干草捆扔下去。有意思的是，我自己用手喂巴玛苹果的时候，觉得什么问题都没有，看见老爸进了隔离栏和巴玛共处一隅，就算他能随时跑到车上找个安全的地方，我依然担心得不得了。

我们今天换了一种方式：先让象群靠后站着，让巴玛先吃。这种方法好像有效，巴玛从树林里小步跑出来。他早已饥肠辘辘，迫不及待地想大吃一顿。其他大象不在眼前，他也闻不到他们的气味。巴玛来到空地上，环顾了一下四周，扇动着耳朵。

接着，我们把象群吃的干草捆朝着墙一字排下来。象群越吃越靠近墙边，既能在一个安全的距离外看着巴玛，边吃边向巴玛的方向移动，也不耽误巴玛吃草。

老爸把车开出隔离栏后，我顺手关上大门，给它上了锁。

"我觉得第三天做得不错。"他通过车窗向我喊道。

我走到车跟前，说："但愿明天能见效。"

"会见效的。"他说。

"你说他为什么在象群面前那么胆小呢？"我问，"他比别的大象个头都大呀。"

"他自己可能不知道这一点。在他看来，别的大象可能都是庞然大物，因为他之前从没见过别的大象。"

"他自己就是一头大象啊。"

"记住，他是一头一直独自生活的大象。假如你以前从没见过大象，头一次看到，你不感到害怕吗？"

"难以想象，我印象中一直都有大象陪伴。"

"敢说这话的人可没有几个呢。我还记得你上幼儿园时画的一张让人惊叹的全家福。"

"你把那张画贴在冰箱上好多年，后来又把它裱起来挂着，想忘都忘不了。"现在那张画还在他办公室椅子后的墙上挂着。

"它很温馨，现在依然如此。里面有你，有我，还有四头大象。"他说。

"你怎么知道那是大象？"

"你说的呀。再说，他们很好看呢。"

"他们就像长着长鼻子的灰色斑点。"我说。

"你那时才 4 岁，别对自己那么苛刻……不过你对自己一向如此。虽然看了那张画让我伤感，但我依然很喜欢，无论是过去还是现在。"

"为什么伤感？"我问。

"因为画里有大象，却没有你妈妈。"

我感到一阵酸楚，但更多的是惊讶。他踏进了我们一直小心翼翼不去触碰的那个地方。我想后退。"大象一直无处不在。"我说。

"如果她活着，会以你为傲，无论是过去还是现在。"好吧，他想更进一步，我却不想碰那个话题。

"特里克西在那儿呢。"我完全换了个话题。特里克西带领着象群，贝加就在她身边。我没有看见毛毛，不禁感到一阵恐慌。

一道棕色的影子从灰色的粗壮的象腿和象身之间闪过。毛毛身体独特的颜色和长长的毛发使她显得与众不同。就算我们不知道她为什么与众不同，也能看出她的确不一般，不一般到长毛猛犸象的地步？这有些让人觉得不可思议，但我知道这一切都是真的。

"你妈妈和我们一样喜欢这些大象,"老爸说,"她也会喜欢那张画的。"

今天早上他吃错什么药了?

他从车里走出来,用一只胳膊搂着我。我很不想再继续谈论这个话题。"好了,我准备去和巴玛谈谈。"说完,我慢慢地径直走近巴玛,中间隔着一堵墙。

"我知道你看到他们了。"我对着这个大块头说,尽量让声音保持平静。我不知道他能不能听懂我强调的部分。

巴玛当然看到象群了。正在吃草的他停了下来,看着象群一步步走近。他既能闻到他们的味道,也能听到他们的声音,因为气味和声音就在风中传播。他没有跑开,饥饿和好奇战胜了恐惧。他一边仰起脑袋看着其他大象,一边把干草卷到嘴里,半步也没有后退。

其他大象没有继续靠近,特里克西看到了巴玛,让象群停了下来。她不可能违背自己的天性和本能,带着他们跳进危险的火坑。在她看来,那头与众不同的公象代表着危险。我觉得该我出手了。

我离开巴玛,向其他大象走去。走过最后一捆干草的时候,我弯下腰,抱起一堆散开的干草。

"早安,特里克西!"我大声喊道。

特里克西站着没动，但是毛毛听到我的声音后竖起耳朵向我跑了过来。她的反应让我吃惊，又让我有点不安。她绝对不会故意伤害我，但她毕竟有100多公斤，路还走不太稳，一不小心就能把我撞翻。

她轻轻地顶了顶我。"对不起，宝贝，我可没有奶瓶，只有干草。"我说。

她不信，伸着鼻子到处嗅。她没找到奶瓶，只好在我身上挠来挠去。

我把干草抱在胸前，继续向特里克西走去，然后在几米开外的地方站住了。"来吧，特里克西。早餐好了。"

她伸长了鼻子，但是离干草还是不够近，我和她都看得一清二楚。她试探性地向我迈出了一小步，接着又迈出了第二步、第三步。我跟着她的步子，一点点向她靠近。她用鼻子钩了些干草放进嘴里，这是一种信号，告诉其他大象可以放心去吃。拉亚向前小跑了几步，我给了他一些干草。

我后退了几步，象群跟着我走了几步。他们知道我不会捉弄他们，他们把我看成他们中的一员。他们相信我不会把他们带往危险的地方——况且，特里克西就在不远处。象群走到最近的干草边，开始吃起来。我希望他们一直吃到墙根下。

我一直后退，离隔离栏和巴玛越来越近。贝加和毛毛一直小跑着跟在我身边。特里克西不想让他们在前面走得太远，就跟了上来，象群中的一些成员也跟着她走了过来。看上去，我的计谋要得逞了。

我一直退到皮卡停着的地方，老爸也在那儿。"你真是个名副其实的大象女孩。"他说。

"谢谢。"

从他的口中说出来，"大象女孩"就是一句表扬——可能是他能给的最好的夸赞了。不过，他说过我长得像我妈妈，很漂亮。这对我来说意义相当重大。我努力想象她把我抱在怀里的样子。

我们远远地站在那儿，看着所有的大象进食。

巴玛和特里克西一边吃一边惴惴不安地互相盯着对方。巴玛以前从没如此近距离地看过其他大象，但他可能凭直觉知道特里克西是领头象。她比别的大象个头稍大，看上去有王者风范，沉稳大气。

远处传来发动机的声音，我抬头望去，一辆车——一辆我不认识的车——正朝我们驶过来。

"什么人？"我问。

"不知道，凭他是谁，也不能在我们的地盘上想怎样就怎样，这个时候他不应该在这儿。我们不能让他们惊扰大象，也不能让他们看见毛毛。"

我都没想到这些。

我们以最快的速度向驶来的车跑去。大象们当然也注意到了这些动静，停下来，不吃了。我挥舞着胳膊，那辆车在离我几米远的地方停了下来。发动机熄火后，车里走下来两名男子，他们都戴着白色的大牛仔帽，穿着牛仔靴，留着浓密的黑胡子。虽然他们穿得像双胞胎，但那个开车的人却比旁边的那个人要魁梧得多。

那个司机挥了挥手。"你们好！"旁边的那个人大声说。

他的声音听上去很耳熟——非常耳熟。

"我们的小姑娘还好吗？"他一边朝我们走过来，一边取下大胡子。

"是吉米！"我大喊道。

"没想到是你们。"当他们走近时，老爸大声说道，"还以为是个路过的。"

"你们怎么这身打扮？"我问。

"乔装打扮了一下。"

那个大个子也取下大胡子。他是为数不多像老爸一样身材魁梧的人。

"你们为什么要乔装打扮？"我问。

"我们绝不能让人认出来。"吉米说。

"我们没听到直升机的动静啊——你的那辆车哪儿来的？"

老爸问。

"我们开车来的。不过，詹姆斯开的车。"吉米说。

"他叫詹姆斯，跟你一个名字?"我问。

"我比较相信和我同名的人，我招了很多个詹姆斯为我工作。所以，我只是个乘客。显然，假如让我来开车，我们早就掉进沟里爬不出来了。"

"开直升机不是更快吗?"

"是更快，但也太招摇了。人们似乎对我的最新项目产生了兴趣。有传言说我正在谋划一件大事，某些人可能称之为'巨大的①'事。"

"好吧，有点滑稽。"我说。

"谢谢。我的安保团队获知一架直升机在跟踪我的飞机，所以我担心我们会被跟踪。"

"只有你会被直升机跟踪。"我说。

"是有点奇怪，但我们有可能被雷达探测器和卫星跟踪，甚至被一架小型飞机跟踪。"

"听起来你有点像个妄想狂。"我说。

"你是个妄想狂不代表他们不会跟踪你。"大个子詹姆斯说。

---

① 原文为"mammoth"，意为巨大的，艰巨的，与"猛犸"是同一个词。

"所以我把直升机派到了很远的地方，上面坐着一个冒牌的吉米·墨丘利。"

"你还有个冒牌的吉米·墨丘利？"

"这是出于安全考虑。"大个子詹姆斯解释说，"不仅让各种绑架威胁无法得逞，还能隐藏行踪。"

"目前的情况是，有一些谣言传得有鼻子有眼的，消息满天飞，让不少人对我的神秘项目产生了兴趣。"吉米咯咯地笑着说，"有人说我成立了一个乡村智库，里面都是研究人类基因组的计算机专家，研究如何将基因组应用于疾病预防和药物改良以治疗各种疾病。"

"令人惊讶。"我说。

"的确。事实上，我们有一个专门研究那个项目的部门，就在一个我叫不出名字的乡下，他们的一些研究对我们这个项目有直接影响。"

"这些谣言有说到毛毛吗？"老爸问。

"没有专门提到她的，但是人们知道我在鼓捣一些不寻常的事情，所以我才担心有人跟踪我，才让一个冒牌的吉米坐了我的直升机引开了他们，而我乔装打扮后带着我的一个——呃，伙伴，来到了这里。"

"你的伙伴都随身带着枪吗？"老爸问。

我吃了一惊："枪？"

我一抬头，看到詹姆斯胸口处的夹克下面有一个鼓鼓囊囊的东西。那是一把枪？

"詹姆斯是我安保团队的头儿，是的，他的确带着武器。"吉米说，"现在，快跟我说说毛毛的事吧。什么都别漏了。"

"要说的都在昨天的汇报里说了，已经没啥好说的了。"老爸说，"要不直接去看她？"

他和吉米向象群走去。我和詹姆斯待在车旁。

"你担不担心吉米被某头大象弄伤？"我问他。

"我担心他，担心所有的事——但是我能做的不多。"他说。

"你不是带着枪吗？"

"带枪又不是为了射杀大象，我还知道用枪向大象射击只会激怒大象。"

"不是激怒那么简单的事。"

"我不会在这里向任何人或动物开枪，但是我得随时保护吉米。你觉得他这个人怎样？"

"他人挺好，不过——呃——嗯，有点与众不同。"

"他人非常好，非常与众不同，是我见过的最不可思议的人之一。能保护他，是我的荣幸。"

"真的有人跟踪他吗？"

"工业间谍真的存在。他们觉得如果他们能抢先知道吉米要去哪儿，在研究什么，他们就能捷足先登，发财致富。"

"这个项目跟发不发财没有关系呀，不是吗？"

"这个项目可是要耗费数百万美元去改善人类的。他之前没跟你解释过整个计划吗？"

"他说过他怎样克隆出了一头猛犸象。"

詹姆斯继续说："他告诉过你整个计划吗？"

"我不知道还有什么。"

"我会让他跟你解释的。我的解释可能会有失公正，最好还是他来告诉你。"

我跟在詹姆斯身后。吉米跪在毛毛面前拿着奶瓶给她喂奶，一时还真是难以说清他们两个谁更能从中获得更多享受。毛毛基本上不是在喝奶，而是在玩奶瓶，吉米咯咯地笑得十分开心。他被围在象群中间，四周都是粗壮的象腿和象鼻子，他们一抬腿就能把他踩成肉酱，一甩鼻子就能把他拎起来扔出老远，但是他待在那里却那么开心自在。大象们面对他也很放松。那是个好兆头——大象们独具慧眼，善于识人。他们安静地吃着草，特里克西依然密切注视着巴玛，但是已经可以低着头吃草了。

"嘿，老板，你跟他们说过你的宏大计划吗？"詹姆斯问。

"说过很多，不过我不确定是不是说得够详细。"

"把你的长期计划都说说吧。"

"好吧。从哪儿开始呢？……从哪儿说起呢？"

"从购买土地说起？"詹姆斯提示道。

"我听过那一段。"我说，"你买下了雨林的大片土地，把它变成了一个巨大的自然保护区。"

"是的，但是那不是他说的那块地。"吉米说，"我还从加拿大政府和加拿大北部的第一民族^①那里购买了一大片土地，那是一块大约 100 平方千米的苔原和针叶林。"

"长毛猛犸象曾经生活在那里。"我说。

"他们将来也会生活在那里。"

"毛毛不能在那里生活！"我大声说，"她太小了，不能没人照顾。她会——"

"20 年后她才会去那儿。那时候她早已身强体壮，相信我，她不会是唯一的一头猛犸象。"

"她不是唯一活着的克隆猛犸象吗？"老爸问。

"目前为止是唯一一头。回头看看我们经历的成功失败，我觉得这不过是规模大小的问题。二十头不够，下一年我们要努力克隆出两百头，再下一年我们再克隆出两百头，以此类推。"

"你要造一群猛犸象啊。"老爸说，"太……太……太不可

---

① 加拿大的原住民包括传统上被称为"印第安人"的各族以及北极地区原住民因纽特人，加拿大官方将其统称为"第一民族"（the First Nations）。

222

思议了。"

"不是一群，最后会有很多群。"

我的脑子里浮现出一幅画面——成群的猛犸象在辽阔的苔原上游荡，画面太震撼，我几乎忘记了呼吸。

"你会把他们放归自然，重建这个物种吧？"老爸说，"让动物在大自然中无忧无虑地生活，这可是每一个经营保护区的人梦寐以求的事。"

"我们人类让他们灭绝了，现在我们又让他们复活了。我们要好好保护他们。他们将会在那里繁衍生息。"

"但是……如果他们都是克隆体，就意味着他们都是一模一样的，都是雌性，怎么繁殖呢？"我问。

吉米笑了："你倒是知道得不少呢。还记得你爸爸说找到那头猛犸象的尸体就像大海捞针一样吗？说实话，我倒是捞到了不少针呢。5年前，我放出话，说要买——出高价买——埋在地下的长毛猛犸象。显然，我带动了一小股猛犸象研究热。我们现在正在培育六个独立的克隆体，三个雄性，三个雌性，以实现部分遗传多样性。"

"这几个就足够了吗？"老爸问。

"有几个总比只有一个好，但是其他物种在数量瓶颈中幸存了下来。灭绝的或者濒临灭绝的不只有猛犸象。你知道猎豹瓶颈吗？"

"我读到过。"老爸说。

"我不知道。什么意思?"我问。

"在人类史上,世界上的猎豹数量一度减少到不足一百只。"老爸向我解释道。

"有的生物学家认为比这个数目还要少。"吉米说,"因此,目前所有活下来的猎豹都是这个数量极少的基因库的产物。"

"你觉得六头猛犸象就能构建一个群体吗?"我问。

吉米咧了咧嘴,耸了耸肩。他在毛毛耳朵后挠了挠,然后站起身,说:"我们得走了。"

"你到这儿还没多大一会儿啊。"我说。

"我很想多待一会儿,但是不行啊。我们正跟距离这里120千米的另一架直升机联系。"

"你不是害怕直升机被跟踪吗?"我说。

"如果直升机从总部出发,我的确会担心。不过,我回去时坐的是另一架直升机,那是我用假名租的,现金支付,所以不用担心会受到跟踪。"

"有时候,我们不得不表现得好像自己是毒品走私犯之类的人。"詹姆斯说。

吉米咯咯地笑了:"我唯一用过的药品是缓解视力疲劳的滴眼液。"

"你费了那么大的劲来这儿就只为了待这几分钟?"我问。

"来看看我们的小姑娘可不是一件小事。很多人都愿意不辞辛苦来亲眼看看世界上唯一的长毛猛犸象，难道不是吗?"

"我猜是这样。"我承认。

我听到一阵动静，然后看到隔离栏后有东西在动。让我吃惊的是，巴玛正在撞墙，而一直站在墙外的拉亚正匆忙逃跑。慌乱中，拉亚撞到了雷娜，绊了她一下。整个象群都动了起来，然后突然从我们身边跑开了。

象群很快安静了下来，危险消失了。巴玛也不见了，他已经扭头跑开了，消失在了隔离栏里，我猜他正跑向远处的那片树林以寻求庇护。

"发生了什么事?"吉米问，他有些迷惑，还有点害怕。

"拉亚离隔离区的水泥墙太近，吓到了巴玛，巴玛向他冲了过去。"老爸解释说。

吉米面色凝重，看上去忧心忡忡。

"巴玛就是我跟你说过的那头大象。"老爸说，"我们把他和其他大象分开了，因为他刚来，我们还没摸清楚他的脾性，不敢让他待在象群里。"

"听起来很有道理。他会伤害到毛毛吗?"吉米问。

"绝对不会。他独自待在一个带有电网的水泥墙里，和毛毛以及其他大象是分开的。"老爸说，"他出不来，毛毛也进不去。"

"那象群怎么到这儿来了，离那头大象这么近?"吉米问。

"我们在为将来的某一天，某个遥远的将来，做准备，那时，巴玛将能够和象群一起生活。"

"和象群一起生活，那他就有可能伤害到毛毛。"

"在确定他不会伤害到任何其他大象之后，我们才会让他进入象群，才会让他有机会和毛毛或者其他大象在一起。"老爸说。

"那我就放心了。"吉米的表情和他的话并不一致。他看上去依然忧心忡忡、心神不安。

"这个过程比我们预计的时间要长很多。短时间内，他们不会融合在一起。"

"我们都要牢记毛毛比什么都重要，什么时候都要以保护好她为重。"

没错，毛毛需要保护。我明白，希望巴玛也明白。

17

　　"外面的情况不太妙。"老爸进屋时说。现在是下午稍晚些的时候，距离上一次吉米来访已经过去两周了。我和乔伊斯正坐在客厅里喝茶。

　　"毫无疑问，一场暴风雨就要来了。"乔伊斯附和道，"过去的几周，我们经历了好多场暴风雨。"

　　"这次比以往要大得多，现在的风力已经相当强劲了。"

　　"有时候只刮风不下雨。"我说。

　　"我们可以抱着最好的希望，但是得做最坏的打算，要照顾好毛毛。"

　　"要照顾好所有的大象。"我说。

　　"野生的亚洲象不就生活在雨林中吗？"乔伊斯说。

　　"是的，但是那里更温暖一些。这里的风是从北边吹过来的，温度更低一些。"

"大象容易感染肺炎，尤其是象崽。"我说。

"毛毛可不是普通大象，她是头猛犸象。"乔伊斯说，"猛
犸象以前不是生活在遥远的北方吗？"

"是的，但是就算这样，我们也不想冒险。"老爸说，"象
群得找个能遮风挡雨的地方。"

"你不是指仓棚吧？"我问。

"不是，绝对不是。它已经破烂不堪了，暴风雨威力多大
呀，我才不会让他们躲到那个地方。"

"那去哪儿呢？"乔伊斯问。

"他们可以躲在树林里，晚上我们可以把毛毛安置在拖车里。"

"你觉得拖车还能装下她吗？"

"特瓦瑞斯医生认为可以。"

我不太确定。上个月，她的体重跟出生时相比已经翻了
近一倍，现在都 150 公斤了。很快，秤台将称不了她——拖
车也装不下她——如果她还不能应对这些暴风雨的话。

"我们在气象频道上看一下暴风雨的情况，怎么样？"我问。

"好主意。我觉得天气预报员偶尔也能预报准确。"

我拿起遥控器，打开电视，寻找气象频道。

"往回调！"乔伊斯大喊。

我也看到了。我把频道往回调，看到了吉米——他的画

面出现在播音员后面的屏幕上。吉米戴着牛仔帽，安着假胡子。詹姆斯在他身边，也是一样的装扮。

"把声音调大些！"老爸大声说。

我调高音量，直到我们都能听到播音员的声音。

"大家都知道，吉米·墨丘利既是个天才，又是个怪人，这一点他几乎从未让大家失望过。他乔装打扮离开自己的住所，甩掉了跟踪他的狗仔队，却在这里被人发现了。虽然他化了装被人认了出来，但他最终还是设法甩掉了人群，消失了。

"吉米·墨丘利行踪诡异，全世界都注意到了。他乔装打扮到底想隐瞒什么？他有了新发明？新点子？还是新的收购对象？"

"很明显，他有了一头长毛猛犸象啊。"我对着电视播音员说。

"我们都知道，詹姆斯——吉米——墨丘利的一言一行，一举一动，都会引起全世界瞩目。今天，投资者蜂拥而至，詹墨有限公司的股价飙升，涨幅超过 10%。据估计，股价上涨使墨丘利先生的个人财富增加了超过 1.25 亿美元。"

我情不自禁地"哇"了一声。

"对他这样的人来说，那不过是一点零钱。"乔伊斯说。

"我要祝贺你呀，詹姆斯·墨丘利。有人可能会想，你有那么多钱，应该伪装得更好一些才对。"

“或者应该和你几周前到这儿来时的装扮不一样才行。”老爸说。

“或者用那笔钱造出更多的猛犸象。”我说。

吉米和詹姆斯从电视屏幕上消失了。播音员的话题转到了一场交通事故上。我调低音量。

“他有的是钱，想干什么就能干什么。”乔伊斯说，“他能培育出一大群猛犸象。”

“你会让他用我们这里的大象来培育吗？”我问老爸。

“我们这儿只有两头性情和年龄都合适的母象。”

“但是这次她们可能也没法怀到足月。”我说。

“也许有了上一次的经验，这次会更成功一些。”

“所以你会同意？”乔伊斯问，“你会让你的大象再次受孕？”

“我觉得毛毛应该有一个弟弟或妹妹，一头相同的克隆体也行。”

“那多棒啊。”我说。我想象着两头小猛犸象由两三岁的毛毛领着的情景。

“不过严格来讲，他们不是亲兄弟姐妹。他们要么是毛毛的克隆体，要么是另一头长毛猛犸象的克隆体。”老爸说，“我觉得当务之急是，我们要保护好眼前这头猛犸象，得给她今天晚上找个庇护所。”

"你不是要听天气预报吗?"我问。

"没必要了。现在就开始工作吧,以防万一。"

* * *

毛毛正跟着我走,我拿着一个奶瓶引诱她——喂她一点,然后拿开。特里克西对我的做法有些不满意,她无法阻止毛毛跟着我,所以她只能跟在后面,其他大象则跟在她的后面。头顶上,乌云密布,天空越来越暗,风力还在增强,扬起的沙尘迷住了我的眼睛。雨点随时可能落下来,我们在和天气赛跑,但我不知道能不能赢。

我们从一个大土包的左边经过,那是黛西·梅的墓地。老爸用挖土机挖的这个墓地,把她放了进去,然后填上了土。当时,我和象群远远地站在这块土地上。后来,我很高兴这件事终于结束了。没能亲自到场,我有点难过,但大多数时候,我觉得没去也挺好。花生去世的时候,我过了很久才走出来,而比起花生,黛西·梅对我和整个象群来说更加重要。大象们看不见她了,但知道她就在那里,所以仍会驻足停留,扒拉土包,发出叽叽咕咕的声音。

"做得不错。"乔伊斯说。她从我后面追了上来。

我稍稍有些吃惊。她不声不响就赶过来了。"也许还是会淋雨。"我说。

"你正领着她往那儿走呢。"

"不是我，是奶瓶。"

"不只是奶瓶，换了别人，她不会跟着的。"

毛毛已经喝掉了奶瓶中一多半的奶，而我们离拖车还有一多半的路要赶。已经看得见拖车了，不算太远了。我停了下来，又把奶瓶送到毛毛嘴边，她立马吸了上来。

当我引着毛毛往拖车走的时候，三位兽医一直在拖车里忙活。他们在重新摆放里面的设备，甚至把中间的检查台都卸了下来，挪到一边，以腾出足够的空间。

老爸曾跟吉米说，想要一个空间更大、更耐用的庇护所。吉米说他会安排人把需要的材料送到保护区外，但他不能冒险让别人进来修建，以免他们发现这个秘密，吉米对此十分谨慎。看到电视上的报道后，我才理解。

材料的确运过来了，但老爸得自己去把它们弄进来，自己建。这对他来说并不难。以前没有这么多材料，我们都建成了，这种事也不是一次两次了。他比我认识的任何人都更会废物利用，能把一分钱掰成两半花。

我把奶瓶从毛毛嘴里拽了出来。她用头轻轻地顶了顶我，把我顶出去好几步远。

"你没事吧?"乔伊斯担心地问。

"我还好……只是有点意外，不过还好。"

"你就那样对你妈妈？"乔伊斯质问毛毛道。毛毛去够奶瓶，我把它拿开了，然后开始跑起来。"刚刚是你到达拖车前的最后一口奶了。"我说。

几位兽医和老爸在拖车外等着。

"带她进来。"老爸说。

双层门敞开着，我走了进去，毛毛却在门口停住了。

"上来呀。"我拿出奶瓶。

她刚把一只脚踩进拖车里，整个拖车就轻轻摇晃起来。我和她都紧张得不得了，她后退了一点。我走到门口，又把奶瓶递给她。如果能让她吸到奶瓶，也许我就能把她弄上拖车。让我意外的是，我朝她走近一点，她就后退一点。其他大象正在拖车附近转悠，毛毛跑到了特里克西身后。

"她怎么不吃了？"我问。

"也许她不饿了。"老爸说。

我抬头看了看天空："暴风雨马上就要来了，我们可没时间等她饿了。"

贝加冲到前面，想抢走奶瓶。就在那一刹那，我拿开了奶瓶，然后意识到，其实贝加也有喝奶的权利。我可以给毛毛再弄一瓶。我把奶瓶伸了出去，贝加立刻吃上了。他向前挤了挤，好像希望进到拖车里，整个拖车剧烈地晃动起来。这里根本装不下贝加。

* * *

雨点落在我的脸上，啪啪啪地敲打着拖车。雨下得不大，象群在拖车周围站着，我们在一边看着。毛毛依然躲在特里克西身后。好在特里克西没有带象群离开，但是在哪儿都要淋雨，在这儿和在别的地方，对毛毛来说有什么区别吗？

老爸、乔伊斯，外加三位兽医，大家一起商量出了另一个办法。他们说要么给毛毛裹一块帆布，要么给她身上盖一块防水布，但是，她才不会老老实实地待在什么东西下面。我们需要一把巨大的伞，和一个同样巨大的人跟着她，给她撑着伞。

有人建议把她带到储存干草捆的地方躲一躲，但是那个地方只有顶棚没有墙。根据当时的风力来看，大雨多半会斜着扑进来，那种棚子起不了多大的保护作用。无论是从上面淋湿还是从侧面淋湿，她最终都要被淋湿。

特瓦瑞斯医生又一次提到仓棚，但那个地方显然也不行，它太旧了，摇摇欲坠。为了让毛毛躲一场雨，却要冒着被掉落的横梁或木板砸中的风险，怎么看都没有必要。实际上只有一个办法可行：拖车。

"也许我们可以把她推进去。"格蕾丝医生建议道。

"有个老掉牙的笑话，"特瓦瑞斯医生说，"180 公斤的大猩猩睡在哪儿?"

"想睡哪儿睡哪儿。"莫根医生说。

"就算我们想把她弄进拖车,也不能硬把她塞进去。硬来的话,我不确定特里克西有没有意见。"老爸说。

"给她打一针镇静剂吧?"莫根医生建议道。

"风险太大。她可能就此倒在这儿了。"格蕾丝医生答道,"谁也说不准现代的镇静剂和猛犸象的 DNA 有没有冲突。"

"我们先给她注射小剂量的镇静剂,再慢慢增加剂量,这样她会更适应,怎么样?"特瓦瑞斯医生建议道。

"谁都不准给她用药。"老爸的语气不容置疑。讨论到此为止。

"我觉得大家都耐心点吧,期盼能有转机。"乔伊斯说。

"期盼可以,但是我没耐心了。"我向毛毛走去。"我真是受够你了,女士!"我喊道,"到你的屋子里去,立刻!"我指着拖车。

毛毛显然不懂我在说什么,但她看起来确实有点迟疑。她知道我想告诉她什么,但是却搞不懂我在生哪门子气。特里克西倒是很有兴趣,她把脑袋微微转向一边,扇动着耳朵。

"我想方设法要把她弄进拖车里,特里克西,你却一点忙都不帮。你是领头象啊,帮帮我吧。"

她把耳朵扇得更欢,也叽叽咕咕叫得更欢了。

我伸手去抓毛毛的鼻子，她没有甩开，反而卷住了我的手。我引着她向拖车门口走去，她主动跟着。到了门口，我毫不犹豫，头也没回，一下就跨了进去。我感到拖车下沉了一下，并听到毛毛往拖车里走了一步的声音，接着是又一步的声音。她停住了。由于她抓着我的手，所以我也被拖住了，站在那里动不了。我凝视着她的双眼，她的眼里满是恐惧。她害怕进来，我却害怕她不进来。

"你得进来。"我对她柔声说，"我这么做，只是为了帮你。求你了。"

我感到后面有动静。我从车门望出去，头顶上，乌云密布的天空变得更加灰暗了。然后，我看到了特里克西棕色的大眼睛，她站在门口，站在毛毛的身后。

拖车又轻轻地晃了晃，毛毛向前一个踉跄。特里克西在把她往上推，她在帮我。毛毛向前挪了半步，又挪了半步，再半步。

我拽着她的鼻子，使劲向前拉她，直到我的手够到留在台子上的配方奶。我刚能抓住奶瓶，便把它拿了过来。毛毛看见了。这才是唯一好使的激励法。等她吸上奶瓶后，我一点点地往后退，她一步步地往前走，终于完全进入拖车里。越过毛毛高高的脊背，我看到特里克西正通过车门向里面张望，她的眼睛告诉我，她什么都懂。

我听到金属发出的哐当声，知道一定有人——可能是老爸——悄悄溜到了特里克西跟前，在关那个上下双层的车门。下半边哐当一声关上了，所以毛毛跑不掉了，上半边依然开着，新鲜的空气和雨水还能进来，但是毛毛离车门还有一些距离，她不会被淋到——至少不会比现在更湿。

毛毛很快就喝完了一瓶奶。我想通过毛毛和车壁之间狭隘的空隙溜到门口，毛毛也想转身，一下子把我卡在了那里。我推了推她，她的体重是我的三倍多，幸好我还能推动她。象群和其他人都在雨里淋着。人们打着伞，而大象才不在乎这点雨。

特里克西仍然站在那里，守着门口。

"毛毛没事了。"我安慰她说。

她不是不相信我，而是要担起自己的一份责任。她低下头，以便能看到里面。

"你以为我撒谎?"我问她。

"她是个不错的继母。"老爸插了一句。

"更像个祖母。"我说。无论是继母还是祖母，都是毛毛的福气。"我今天晚上大概得睡这儿了。"

"我计划睡这儿。"

我摇了摇头："她和我一起进来的，我在这儿陪着她才说得过去。"

"我就知道你会那么说。再说，你是最让她安心的人。我去给你拿个厚实的睡袋，还有你的睡衣。"

"睡袋就行。"我说，"我今晚可能要穿着衣服睡。"

"半夜的那顿奶，我来喂吧，你可以多睡会儿，好不好？"他建议道。

"就算有再厚实的睡袋，我觉得躺在检查台上也睡不了多久。我在这儿，我来喂吧，你可以多睡会儿。"

"你需要多睡会儿。"他说，"前三天晚上你都没怎么睡。"

"你又有多久没睡个好觉了？"

"十四五年了吧。"

比我的年龄都要长，可能从他发现妈妈怀了我就开始了吧。

"我准备把上半边的门关一半留一半，这样毛毛就能看到象群，象群也能看到她。"我说。我把门拉上后，老爸就去拿睡袋了。

乔伊斯和几位兽医已经离开了，他们的红雨伞跳动在回家的路上。象群哪儿也没去，他们紧紧地围在拖车周围。贝加就在车门外，特里克西后来走得稍远些了，但她依然看着拖车。

大雨瞬间下得更猛了，咚咚地敲打着车顶，雨水从敞开的车门飘进来，溅在我的脸上。幸亏我们及时把毛毛弄了进来。雨声哗啦啦的，响声越来越大。也许除了给我带个睡袋，我应该让老爸再带一副耳塞过来。

18

"快醒醒，萨慕。天亮了。"

我猛地睁开眼，一骨碌坐起来。乔伊斯站在我身边。一瞬间，我不知道自己身在何处。哦，我在拖车里……在检查台上。我环顾四周，拖车里只有我和乔伊斯。"毛毛呢？"

"她和象群在一起，她挺好的。"乔伊斯说。

我松了一口气："真是漫长的一夜。"

"风雨交加，晚上很难熬吧？"

"我还以为这辆拖车会变成挪亚方舟，或者一架飞机，"我说，"一艘航行在海上风暴中的船。它没有变成飞机的唯一原因，应该是毛毛太重了，像锚一样，牢牢地把它钉在了原地。"

风比雨更可怕。一整夜我们都在摇哇晃啊。有几次，我感觉车底下好像长出了一两个轮子，带着拖车轻轻地飞离了地面。虽然不是龙卷风，却让我想起龙卷风毫不留情地肆虐的场景，而我就睡在这样的一辆拖车里。我想象着毛毛和我被龙卷风卷了起来，掉在了《绿野仙踪》里的奥芝国[①]。只不过，多萝西和她的小狗托托变成了我和我那一点也不娇小的猛犸象毛毛。

暴雨倾盆，轰隆轰隆噼里啪啦，有时候我都不知道自己在想些什么。我觉得糟糕极了，毛毛一定觉得更加糟糕，因为她的大耳朵有超强的听觉。

我睡得断断续续的。一整夜，毛毛大部分时间都紧紧贴着台子。她被吓到了。闹铃把我闹醒后，我准备给她喂奶，却发现她不在我身边。她在半开的车门边，鼻子卷着特里克西的鼻子，飘进来的雨水把她身上打湿了。给她喂完奶后，我拿了几条毛巾，把她身上擦干了。我又拉开睡袋，撑开后盖在她身上，让她暖和暖和。

"你先吃点早餐吧。"乔伊斯说。

"我得先让毛毛吃上早餐。"

"特瓦瑞斯医生已经喂过她了。"

————————

[①] 奥芝国是童话故事《绿野仙踪》中的一个国家。这是一个美国堪萨斯州的小姑娘多萝西和小狗托托被龙卷风带入魔幻世界——奥芝国，在那里经历了一系列冒险后最终安然回家的故事。

得知不用喂她，我感到一身轻松，同时又感到一阵失落。给她喂奶有一种神奇的感觉，大家一致认为，我喂的时候她吃得最好。

从拖车里出去的时候，我顺手拾起睡袋。它又湿又脏，需要洗洗了。

我以为象群就在车门外，谁知都跑得不见踪影。"大象呢？"

乔伊斯一定是看出了我的担心。她说："他们朝水塘去了，特瓦瑞斯医生跟着他们。"

"太好了。我吃点早餐，再给毛毛喂下一顿奶。"我说。我们一起向房子走去，到处都是水坑，树枝和树叶散落了一地。"我拿点东西就去找毛毛。"

"我还准备做煎饼呢。"

"蓝莓煎饼？"

"你能吃多少蓝莓煎饼，我就给你做多少蓝莓煎饼。"她说，"你得吃点东西，你看上去瘦了不少。"

"是吗？我只注意到毛毛的体重增加了，那比什么都重要。"

她停住了，搂住了我的肩膀，我吃了一惊。"不，那不是最重要的，你才是。有时候我觉得你和你爸爸把大部分精力都放在了大象身上——现在又放在了毛毛身上——你们都没有觉察到，世界上还有其他重要的事。"

我不知道怎么回答她。

"你才重要。"她又重复了一遍。

"世界上的人不计其数，大象却不多，猛犸象更是只有一头。"

"人的确不计其数，但是只有一个萨曼莎·格雷。"

她以前从未叫过我的全名……没叫过我萨曼莎。

"你才重要。"

"呃，但是——"

"没有但是！你才重要。你老爸满脑子都是大象，有时他甚至忘记了他还有人类朋友。"

也许她说的不是我，而是她自己。

"你和我老爸还好吧，嗯？"

这个问题一出口，我自己都吃了一惊。这表明我很关心他们，希望他们关系融洽。这一切都是从什么时候开始的？

"是的，我们很好——等等，这不是我和你爸爸之间的事。我知道他是个什么样的人，我也接受。我是他的女朋友，但是在围栏之外，除了大象，我还有自己的生活。"

"但是在围栏之内，你仍然希望成为这里的一分子，对吧？"

"当然了。"她说。

"真好。"

"真好？这是你对我说的最好的话了。"她抱住我，这种感觉如此美好，如此温暖，我也抱住了她。

"我担心的是你呀。"她松开了我，"毛毛出生后，你离开过这个园区吗？"

"没有。"

"是时候放松一下了。自从离开学校，你就没见过任何朋友了吧？"

"现在我不可能邀请他们到这儿来了。"

"你可以到他们家去玩，去镇上玩，出去玩哪。你们在电话上聊过天吗？发过短信之类的吗？"

"我们互相发过短信。"我没有告诉她我只回了只言片语，后来就没有短信了。

"暑假看上去好像永远不会结束，但你最终还是要回到学校去。"她说。

"呃，还是不要提醒的好。"

"还是得有人提醒，你终将要和其他人生活在一起。要不我今天下班后，你和我一起到镇上去，我们一起去买些你上学穿的衣服，好不好？"

"我倒是想去……嗯，如果这儿没有什么可做的话。"

"这儿的事总是做不完，你找的理由不太好。我总是很喜欢为返校买些东西，我和我妈妈总是出去……"她停住了，"我并不是试图成为你的妈妈，也不想妨碍你和你爸爸的日常生活。"

"我们通常什么都不做。"

"他不带着你为开学购物吗?"

我摇了摇头。这是我错过的另一部分生活吗?

"那就这么定了,今天晚上,你和我。"

"谢谢。"我吃惊地发现,她的话竟然让我感到无比幸福。

19

"我们需要尽快把垮掉的围栏修好。"老爸说。

暴风雨刮倒了一些树木，吹垮了外层围栏的三段地方。没有待在仓棚里的决定是明智的，因为屋顶被吹掉了一部分。流经这个园区的溪水变成了滚滚洪流，外层围栏下有几个地方被冲开了一条水沟，缺口没有大到让大象随意进出的地步，但是人却可以随意进出，随意向里窥探。

"有好多活要干呢。"我说。

"我先去把人们能向园区里窥探的地方修一修，不能让人无意中瞧见毛毛。"

"难道你不从水土流失的那些地方开始吗？保安把人都挡在外面，从远处看，毛毛和一头普通的小象没有太大区别。你不担心有人偷偷溜进来吗？"

"那儿也有保安看着，"他说，"不过你说得有道理。水土流失后，上面的围栏就不稳了。趁那些地方还没垮掉，得先修一修，但我不能请人进来帮我。"

"和往常有什么不同？"我问。

"我觉得没什么不同。"

"我可以帮忙。几位兽医呢？他们会出一把力吗？"

"莫根医生肯定会。另外两位虽然在这儿做事，但他们不是为我做事，他们为吉米做事。吉米希望他们全心全意地照顾毛毛。我修围栏的时候，你就得在那些动物身上多费些力了。"

"当然……可以……没问题。"

"听起来你好像有什么心事。"他说。

"有什么需要我做的，我都会做，你知道的。不过乔伊斯今天下班后要带我去逛街，买返校用的东西。"

"钢笔、铅笔、纸，我们家还多的是。"他说。

"服装类的呢？新衣服什么的。算了，也不是非去不可。"

"不，我觉得你应该去。"他疑惑地看了我一眼，"是你的主意还是她的主意？"

"她的。我说过了，我们也不是非去不可。"

"不，你得去。"他朝我会心一笑，"你开始喜欢她了，对吧？"

"我觉得有她在，所有的大象都很自在，他们都喜欢她。"我说。

"答非所问。说说看?"

我耸了耸肩:"她挺好,非常好。"

"你能说挺好的,那就是相当好了。"他停了一会儿说,"我也觉得她很好。"停了一会儿,他又说:"一个浑身大象粪味的男人,不配拥有这么好的人吧?"

"有些人就是喜欢大象粪的味道。"

"好吧,我们扯远了。你知道的,对我来说,你永远都是最重要的。"

"我还以为特里克西才是呢。"

"特里克西是我最重要的大象,你是我最重要的人,我愿意为你放弃一切。"

我不知道该说些什么。乔伊斯跟他说过什么?我从来都没奢望他会把我看得比大象更重要。

"你知道的,对吧?"他问。

"当然知道。"我相信他说的话,他从不说谎,只是我以前一直觉得我不过是他养的象群中的一员。贝加出生后,我有了个弟弟,而毛毛是我的小妹妹。不,不对,我不仅仅是毛毛的姐姐。

"乔伊斯说,有时候我对动物比对你更关心。"他说。

我哼了一声,没说话。果真是乔伊斯和他说过什么。

"你是不是也那么觉得?"

我耸了耸肩。

"那不是回答，那是在逃避回答，你说呢？"

我得想好了再说。"有时候你不得不把大象放在首位，因为他们需要你。"

"我就是这么跟她说的！"他大声说，"我跟她说——"

我打断了他："我有时候也需要你呀。"还没来得及改变主意，话已经脱口而出。

他吃了一惊："我总是尽我所能地待在你身边，我知道自己有时候确实做得不好，对不起。"

"也许我不应该这么说，我不想惹你生气。"

他伸出胳膊越过座椅搂住了我："我永远都不会生你的气，你是我女儿，是我妻子的女儿。她是这个世界上除了你之外，比任何事，比任何人都重要的人。"

我觉得自己要哭了。

"你知道我为什么叫你萨曼莎吗？"

"呃，我猜因为我就叫这个名字，但是你故意这么叫我就是为了气我。"

"它真的让你不高兴吗？"他一脸严肃地问。

"没有。"

"如果当时我自己做决定的话，你应该叫劳拉。"他说。

"幸亏没让你做决定。"等等，那只能说明一件事。"那是妈妈的决定。"

"她喜欢萨曼莎这个名字。我觉得她生下了你，所以应该由她来取名字。你知道你妈妈只抱过你一回，对吧？"

我点点头。

"只有你出生后的短短的几秒钟，很快，医生们发现她出大事了。"说到最后几个字时，他的声音有些哑，"她抱着你，喊着你的名字，'萨曼莎，'她说，'萨曼莎。'"

那一段记忆一定藏在我脑子里某个尘封的角落，我听不到她的声音，也看不到她的影子。

"接着，一个护士匆忙带走了你和我，你妈妈被紧急推进了手术室。"

老爸开始哭泣。

"我们不要说这些了。"我说。

"不，要说。"

泪流满面的不止他一人。

"她给你取名萨曼莎，她叫你萨曼莎，所以我也那么叫你。叫你的时候，喊你名字的时候，我彷佛能听到她的声音。你懂吗？"

"我懂，可你以前为什么不告诉我？"

他耸了耸肩："我也不知道。大概以前我一直觉得那是我和你妈妈共同拥有的时光，现在该和你分享了。"

我有点希望他从来没跟我提起这些，又有点希望我早点知道。

"谢谢你。"我说。

他紧紧地抱了我一下，然后松开了。"如果你希望我叫你萨慕或者萨米，我会的。"他说。

我摇了摇头："萨曼莎挺好的，真的挺好的。"现在我俩都在哭。

"我没想把你惹哭的。"他说。

"我没哭。"我忍住眼泪，"我的眼睛里进了沙子。"

"想哭就哭吧，不丢人。"他说。

"不丢人的话，怎么不见你想哭就哭？"

"我哭了很多回，你见过的，只不过你太小太小了，都不记得了。"

我明白他的意思。

"在短短几分钟内，我获得了一个女儿，却失去了妻子……"他说，"在同一时间同一地点，我经历了人生的大喜大悲。"他慢慢地摇了摇头，"已经发生的事情谁也没有办法改变，但是以后我会更努力地了解你的需要，尽我所能地帮助你。而你也应该让我知道你什么时候需要我，你得告诉我。"

"那么，我觉得我们可以从现在开始。我需要一些东西。"

"需要什么？"老爸热切地问。

"我需要你把这段围栏修好，这样我们的大象就不会跑出去了，我需要你现在就做。"

他咯咯地笑了，我那像大象一样身材魁梧的老爸笑得像一个 3 岁小孩。我的眼泪也快干了。

"我有一个条件。"他说。

"什么条件？"

"我要和你还有乔伊斯一起去买返校的东西。"

"那谁来照顾大象和毛毛呢？"我问。

"我们不是有几位住在这里的兽医吗？就几个小时的时间，他们能应对的。"

"你可以和我们一起，但是我也有一个条件。"我说，我停了下来，"我和乔伊斯在商场挑衣服的时候，你得在那儿等着。"

"萨曼莎，就这么定了。"他说。

这个交换条件不错。我喜欢他叫我萨曼莎，尤其当我得知其中缘由之后。

* * *

老爸修围栏的时候，我则帮着照看大象和毛毛，还给新皮卡装了一车干草。我感觉自己有点像在监督兽医和大象。莫根医生很好，既是我们的朋友，又是我们的兽医，而另外两位只是有执业资格的兽医。

他们是经验丰富的大型动物医生，能诊断疾病，会修复断骨，会开药。虽然他们不愿意做那些肮脏不堪的活，我们却离不开他们。

遗憾的是，对于大象为什么做出种种行为，他们丝毫不懂。大象是大型动物不假，但兽医们总是误解他们的意图和感受。举例来说，你必须耐心观察，才能知道什么时候可以离他们更近点，什么时候应该走开。他们都不懂大象，所以总是很紧张。大象感觉到他们的紧张，自己也变得紧张起来。尽管我和格蕾丝医生谈过，她依然表现得太过焦虑，大象在她身边无法彻底放松。他们总是能够嗅出人们的不安情绪。

这两位兽医别的方面也让我不安。他们每天都写报告给吉米，这没问题，可他们写完后从不让老爸看，不像莫根医生。说句公道话，老爸没有要求看，但是让他看一眼，这起码是一种礼貌。也许他们所写的内容没有值得我们看的，但也许有呢？说到底，他们让我觉得不太舒服。谢天谢地，他们对我的了解并不比对大象好多少。

莫根医生的工资也是吉米出的，但他并不为吉米工作。他是为大象、为我们而工作。另外两位医生很友好，却不是我们的朋友，他们只是吉米的雇员。

皮卡颠簸在开往隔离区的坑洼不平的路上，象群就在前面不远处，这让我很开心。他们学会了把食物、接近巴玛以及巴玛的隔离栏联系起来，虽然花了不少时间，但他们终于可以心平气和地并排进食了，象群在隔离栏外边，巴玛在隔离栏里边。他们都知道对方就在对面，但是互不干涉。

这让我生出一些希望：有一天巴玛是可以被放出去的。他是一头成熟的公象，却不是象群的一员。如果哪一天他能和大象们和睦相处，那就再好不过了。保护区那么大，足够他和象群和平共处，任他随意闲逛，包括那个水塘在内。

前面是隔离区的外层围栏，象群在围栏外悠然徘徊，格蕾丝医生和特瓦瑞斯医生常开的皮卡也在那儿停着。他俩一直密切注视着象群——实际上是注视着毛毛。大象们在等待迟来的早餐，早餐晚了，他们会不高兴。动物们虽然不戴手表，但在判断时间方面可不差呢。我的眼睛不由自主地搜寻着毛毛，一看到兽医们的皮卡，我就知道她也在那儿。我放慢车速，在皮卡旁停了下来，和他们打了个招呼。

还没等我下车，那些个头较大的大象，包括特里克西在内，就开始抢食车厢里还没来得及卸下来的干草。他们挤在三面敞开的车厢旁，围了个水泄不通。他们倒是吃上了，剩下的大象却挤不进来。贝加和毛毛被挤得远远的，甚至连拉亚也挤不过那些年龄稍长的母象，而一见到食物，蒂尼和雷娜也开始奋不顾身了。

我打开车门，攀着车门爬上车顶，从车顶跳到了干草堆上。

"文明一点好不好？"我朝他们喊道。

天知道他们听不听得懂我的话，但是他们看得懂我的动作。他们稍稍向后挪了挪。毛毛小心翼翼地远远地站着，以免被他们踩到。我开始把干草往地上抛。干草捆很沉，我不可能抛撒得太远，但起码每头大象都能吃上。

两位兽医坐在他们的皮卡里看着我干活。"你们俩帮帮忙，行不行！"我对着他们敞开的车窗没好气地说。

"他们吃东西的时候我下不了车！"格蕾丝医生回我道。

"外面不太安全。"特瓦瑞斯医生补了一句。

我真想把一捆干草扔到他们的皮卡后面，甚至想从他们的车窗扔进驾驶室里，大象们都去吃的话，那场面才有意思呢。不过，我并没有付诸实践。我只是拼命地干活，直到剩下六捆干草为止，那是留给巴玛的。

我跳下车，用力将挡路的雷娜推开。她退了几步，我才过去。这并不是因为我劲有多大，而是因为她让了我。

"你那样会被踩死的。"格蕾丝医生把脑袋探出车窗说。

"你觉得我看起来很害怕吗？"

我又爬上车厢，踮起脚尖伸长脖子向隔离栏内望去。没有巴玛的影子。

"你们今天见过巴玛吗？"我问。

"没有，其实我们根本没找过他。"特瓦瑞斯医生说。

"他可能躲在树林里，也可能躲在隔离栏的另一头。"格蕾丝医生提醒了我，"他昨天晚上可能受到了暴风雨的惊吓，还没恢复过来。"

我钻进车里，从象群中一点点地挪了出去。我开得很慢，以免撞到任何一头大象。我直接开进金属围栏里，停在空地上。到处都看不到巴玛的影子，他应该躲在树林里或者隔离栏的另一头哇。

我得去找他，但是在找他之前，我得先把他的食物投到之前训练他进食的地方。

我走出驾驶室，扔下干草捆。特瓦瑞斯医生也从他们的车里下来，向我走过来。我的所做所为使他羞愧不已。

"我来做这些事吧?"他说。

我想说"不劳驾你了"，说出来的却是:"谢谢。我准备沿着围栏去找巴玛。"

我沿着水泥墙和金属栏形成的 6 米宽的小道走着，走了几步后，我感到有人跟着我。原来毛毛正跟在我身后。

"我这儿没有奶瓶给你。"我说。

我接着往前走，她依然跟在我身后。现在她已经足够高了，脑袋能毫不费力地探到水泥墙上看到里面的情况。我本应该把她"嘘"走，但是我喜欢有个伴。她愿意跟着我，而不是跟着象群，我觉得这是对我的一种肯定。我转过身，她用鼻子抓住了我的手。

"毛毛，不要担心自己一个人。你现在可能是世界上唯一的长毛猛犸象，但是他们会培育出一群和你一样的猛犸象。"

我抬头看了看前面，被吹倒的树木胡乱地压在水泥墙上，我得让老爸知道。他忙着打理外面的围栏，大概都没想起隔离区的事。等我摸清情况到底有多糟糕之后再告诉他。

走近之后，我才发现，情况比我想的要糟得多。倒下的树干把内层的墙砸了个稀烂，墙上的电线七零八落，水泥墙几乎完全倒塌了。靠在残存的墙体上的树干形成了一个斜坡，足够大象顺着它翻过墙头。这简直非常非常糟糕。

我拿出手机拨号。铃声一直响一直响，老爸没有接。他可能把手机忘在车里了吧。

我给他发了语音留言："我是萨曼莎。我在隔离区这里，内墙有的地方倒塌了。巴玛可能跑出来了，我在大门东边，请尽快赶来。"然后挂掉了电话。

我本想跑回去喊特瓦瑞斯医生和格蕾丝医生，想想还是算了。路太远，再说无论发生什么，也不可能指望他们能帮上忙。我要找到巴玛，我所要做的就是不让他从倒塌的水泥墙那里跑出去。我兜里的苹果再加上温柔的鼓励应该足以帮我完成这项工作。

　　我沿着隔离栏向大门走去，一边走，一边使尽全身力气喊着巴玛的名字。他要么在某个我看不见的角落，要么躲在树林里或者后面的矮灌木丛里。这个隔离栏很大，但是他的个头也不小，只要我花足够的精力和时间去找就能找到，他不可能躲在一个我完全找不到的地方。

　　毛毛温顺地跟在我身后。她可爱得不得了，脾气也很好。从这头大象——不，这头猛犸象——一出生，我就开始养她，这是一件了不起的事。虽然琐碎的事接连不断，但整体来说棒极了。

　　我常常想起黛西·梅。虽然不像刚开始想念得那么厉害，但一天总会想起来好几次。她会为我感到骄傲吧？我履行着自己的诺言，在抚养她的孩子。

　　隔离栏的其余部分以及大门都完好无损，这让我松了一口气。我有点担心大门，虽然我并没有什么合乎逻辑的理由。大门是实实在在的金属门——钢的——比波纹状金属围栏和水泥墙都要牢固得多。哪怕卡车冲过去，或者大象撞上去，大门也会岿然不动。

　　我不停地喊着巴玛的名字，但愿我的声音能让他联想到苹果，由此把他唤出来。到目前为止，我运气不佳。

　　我扭头看了看来时的路。沿着外层围栏——外层围栏和水泥墙之间的小道——向我们走过来的是拉亚，拉亚后面跟着贝加、特里克西，以及整个象群。他们以前从未来过这个地方。我不得不承认，特里克西对毛毛的担心，胜过了她对过于接近巴玛的隔离栏产生的恐惧。如果巴玛突然出现，象群就不得不在这里和他狭路相逢。到大门处，空间才会开阔起来。到大门处就好了。

听到汽车的发动机声，我真希望是老爸来帮我了。让我失望的是，我看到的是那两位医生的皮卡。他们在我身边停了下来。

"他们果真把你当成了象群的一员呢。"格蕾丝医生降下车窗说道。

"你早就知道了，不是吗？"

特瓦瑞斯医生忍不住咯咯地笑了。

"那么，哪儿——哦，天哪！"格蕾丝医生惊呼道，她的眼睛都瞪圆了。我转身向后望去。

巴玛在那儿。他正站在距我们不到 30 米的地方，已经跑出了他的隔离栏——跑到了水泥墙和外层围栏之间。他一动不动，一声不吭。风是顺着他的方向吹过去的，所以离巴玛还有一段距离的象群既没有听到他的声音，也没有闻到他的气味。象群还不知道巴玛在那儿。

"上车。"格蕾丝医生说着就要打开车门。

我顶着车门把它关上了。"除非所有的大象都能上车，否则我哪儿也不去。"

"他很危险。"特瓦瑞斯医生说,"你知道他的黑历史,他伤过人,甚至——"

"如果他发怒了,你觉得坐在车里能让你躲过一劫?"我问他。我很怕,但是我不能表现出来。我努力让自己镇定下来。

"我们的车跑得比他快。"格蕾丝医生说。

"有毛毛跟着,我们哪儿也别想跑。我们要保护好她。"

"我们要保护好自己,"特瓦瑞斯医生说,"我们连麻醉枪都没带。麻醉枪还在拖车的后面,也许我们应该去把它拿来。"

"哪儿也别去。你们俩中的一个给我老爸打个电话,另一个取下隔离栏的铁锁和铁链,打开大门,然后准备使用那辆皮卡。"

"用来做什么?"

"不得已的时候,用它挡在毛毛和巴玛中间——慢着!他在移动。"

巴玛慢慢地抬脚向前走了几步,他的耳朵正在抽动。他紧张了?兴奋了?还是害怕了?

"上车吧。"格蕾丝医生小声地说,"我们得离开。"

"不,我要留在这儿。"

特瓦瑞斯医生在打电话。"给你爸爸留了语音。"

"给他发短信,然后你们中的一个帮我把大门打开。"毛毛紧挨着我站着，望着巴玛。她知道他是一头大象，也知道他不是象群中的一员。

"他走得更近了。"格蕾丝医生说。不用她说，我们也看到了。

"这还不算近，20秒之内他会走得更近的，你去把大门打开。"

"那有什么用？"

"照我说的做。"

"你怎么把他弄回隔离栏？"

"我会牵着他的鼻子，领着他进去。"

我还得找点别的什么来说服他们。"如果你们不按我说的做，万一毛毛出了什么问题，那么我会告诉吉米该谁来担责。"

他们俩看起来忧心忡忡的样子。终于，特瓦瑞斯医生下了车。他扭头看了一眼巴玛，吓得赶紧跑到水泥墙的大门处。他笨拙地找到了大锁，打开后，松开铁链，推开了两扇大门。大门撞在水泥墙上，发出两声当当的响声，然后又稍稍弹回来一点。特瓦瑞斯医生赶忙跑回皮卡这边，迅速跳了上去。

我必须想出办法，带着巴玛穿过大门，回到他的隔离栏里。如果没有毛毛在我身边，本来要好办得多。我只用——

对呀。我不用非得把巴玛关进隔离栏里，也许我可以把毛毛关进去，然后关上大门就行了。如果我们跑得快，是能进去的。我带着毛毛进去，我们就安全了。两位兽医开着车，可以跑得比巴玛快。大家就都安全了。

接着，拉亚和贝加已经走到了大门处，后面跟着特里克西和其余的大象。

而巴玛向我们冲过来了。

20

我的心提到了嗓子眼，吓得待在原地动弹不得，全身僵硬。

巴玛突然停住了，我趔趄着后退了几步，刚刚经历的恐惧和眼前依然存在的威胁相互交织，使我全身战栗。巴玛一动不动地站在那里。拉亚、贝加、毛毛四散奔逃，躲到象群中的安全地带。特里克西走出象群，径直站在巴玛和其余的大象之间，也站在巴玛和我、兽医、皮卡之间。她以前看起来那么威武，现在站在离巴玛不到几米的地方，却明显比巴玛矮了一大截。

巴玛用前脚扒拉着地面，时而抬起头，时而低下头，一副象牙让人不寒而栗。特里克西则纹丝不动。她也知道，一旦巴玛冲过来，她就会被刺中，受伤，甚至可能死掉，但是她坚守阵地。

"上车!"特瓦瑞斯医生像个话剧演员一样向我大喊。他竭力让自己的声音平静而不慌乱,但显然不行。

"不。"

不能让特里克西独自跟巴玛对峙,她不需要这么做。我走了上去。

我每向前走一步,巴玛就显得更高大、更可怕一些。我走到特里克西身边,站住了。她将头微微转向我,我看到了她眼里的恐惧。我知道她也能看出我眼中同样的恐惧。

现在,我离巴玛很近,近得能感觉到他的鼻息。他喘着粗气,鼻子里不断喷出空气。我也能看到他的眼睛深处,那里全是恐惧。不只是我们害怕他,他也害怕我们,所以他要表现出吓人的样子。我要让他知道,他不必害怕。

我自己需要先平静下来,不能露出害怕的神色,也不能让巴玛嗅出我的害怕。我深深地吸了一口气,鼓足所有勇气,向前挪去。我的腿像灌了铅一样,几乎挪不动。我慢慢地把手伸进口袋,掏出了一个苹果。

我举着苹果,好让巴玛看到它。"我给你带了好吃的。"我说。我的声音沙哑而僵硬,我自己都听不出来了。我担心巴玛也听不出来,所以又重复了一遍。这下我的声音恢复了正常。

巴玛再一次低下头又抬起头，然后又把象牙举了起来。如果他刺中我，能把我轻易抛到天上，也能把我踩成肉酱。他的象牙瞬间就能要了我的命。我不得不克制住想转身逃跑的冲动，但那样又有什么用？他比我跑得快多了，瞬间就能把我撞倒。我只能向一个方向走去——前方。

我向前走了两小步，把苹果伸出更远些。"巴玛，这是给你的。"我把苹果抛向空中，惊讶地发现，我竟然还能集中精力、动作协调地接住它。

巴玛抬起头，脑袋稍稍转向一边。他不再刨地，不再举他的象牙。他看上去还是很害怕，也许没有那么害怕了。他的眼里依然流露出惶惑不安。

我轻轻地咬了一口苹果。"这苹果不错。"我又向前走了几步，直到离他足够近，他伸出鼻子就能够到苹果。恰好在这个时候，巴玛伸长了鼻子。他要么拿走苹果，要么像老鹰抓小鸡一样把我拎起来。我必须相信自己懂他的意图。

他轻轻地从我手上拿起苹果，卷走了，放进嘴里。我听到了嘎巴嘎巴的声音。我掏出第二个苹果，巴玛毫不犹豫地又拿走了。现在，我的一个口袋已经空了，另一个口袋里还有两个苹果。足够了。

"我知道你心里害怕。"我对巴玛说，"我懂你的感受。相信我，我理解你的感受，因为我也有同感。我希望你安安全全的。"

我又朝前走近了一点。这一次，我向巴玛身体的一侧迈出了脚步，走到了离隔离栏最近、离象群较远的那一侧。我一边走，一边把手伸进口袋，掏出第三个苹果。我有意让巴玛看到我手里的苹果，但我没直接给他，我的胳膊一直垂着。

我回头看了看他。他的脑袋扭了一圈，先是看了看我，接着又看了看特里克西，然后又看了看其他大象。他依然心有余悸，犹豫不决。

"跟我来，巴玛！"我一边大喊，一边跑了起来，跑向隔离栏。这一次，我的声音洪亮而坚定。这不是要求，而是命令。

他听从了！他开始跟着我走，依然时不时扭头，以便盯着特里克西。我绕着象群走了大半圈，然后快步向大门走去，巴玛一直小跑着跟在我后面。

我们每向前迈出一步，就离象群更远一点，也离我的目标更近一点。我们绕着这个圈子走了一多半后，我给巴玛送上了第三个苹果，他从我这里拿走了。眨眼之间苹果就不见了，只听到嘎巴一声。我一边走，一边掏出了第四个，也是最后一个苹果。我要拿它玩点花样。

我们走到了门口，我径直走了过去，进了隔离栏。巴玛在入口处有些犹豫，停住了。他的脑袋又一次在我和象群之间前顾后盼。我一直把注意力集中在巴玛身上，竟然没有注意到特里克西也走动了。她随着巴玛变换着自己的位置，一直让自己站在巴玛和其他大象之间。她不愧是一个好妈妈，一个出色的女族长。就算她内心像我一样害怕，她依然惦记着家人，宁愿置自己于危险的境地也要保护好家人。那不也正是我为象群所做的吗？

"在这里，你就安全了。"我对巴玛说，然后我举起了苹果。

巴玛站在那里纹丝不动。这一招竟然对他不起作用，我感到既沮丧又焦虑，费这么大劲走了这么远，他却止步不前了，这相当于功败垂成。"巴玛，来！"我命令他。

他低下头，像一个被训斥的孩子，跟着我走进了隔离栏。我一直在等他走过来，赫然耸立在我眼前，然后——非常刻意、非常明显地——把苹果放在地上，让它滚了出去。红红的苹果在棕色的泥巴路上耀眼地滚动着，巴玛追着苹果一路向前，从我身旁一路走进了隔离栏里。

我大步流星又悄无声息地跑回大门口，欣喜地发现格蕾丝医生和特瓦瑞斯医生正站在门口，一人扶着一扇门，门已经闭上了，只留下一道缝容我钻出去。特瓦瑞斯医生把铁链绕在两扇门上，格蕾丝医生迅速上了锁。

"你没事吧？"格蕾丝医生声音颤抖地问。

"嗯，没事，挺好的。"

"这是我有生以来亲眼见过的最了不起的事。"特瓦瑞斯医生说。

"也是我亲眼见过的最勇敢的事。"格蕾丝医生说。

"巴玛吓坏了，我们也吓坏了。"我说。

巴玛慢慢地向大门走来。两位兽医走开了，隔着隔离栏，巴玛够不着他们。我没动，巴玛不会认为我害怕他，就像不会认为我骗了他一样。我径直走到大门处，爬上较矮的栏杆，伸出手去抚摸他。

巴玛伸出鼻子，碰了碰我的手，我揉了揉他的鼻子。他可以把我拽进去，也可以把我推倒，还可以抓住我把我抛到天上，但是他没有。他只是低下头，让我揉他的耳朵根后面。

"你没事了。"

他的眼中不再有恐惧，他安静了下来，很高兴回到自己的围栏里。他不再感觉受到威胁，所以也没有必要去威胁其他人。

"好吧，我刚才说错了。"特瓦瑞斯医生说，"你现在做的才是我有史以来见过的最了不起的事。"

"没什么了不起。"我说，"他不再害怕了，我也不再害怕了。"

更重要的是，也许以后我再也不用害怕他了。好事也许就此开始了吧?

我踩在大门的栏杆上,感觉有人推了我一下,低头一看,毛毛正站在我身边。我一门心思都是巴玛,竟然没有看到她走过来。我还没来得及把她"嘘"开,巴玛就把鼻子伸了出来,他俩碰了碰鼻子。

我不知道该害怕还是该激动。巴玛正和象群中的一员建立联系,而对方竟然是毛毛——这个世界上最珍贵的动物。这一切来得如此突然,我做梦也想不到会这样,完全超出了我的预料。我无能为力,只能屏住呼吸,拭目以待,默默祈祷。

"萨慕,你得做点什么。"格蕾丝医生平静地说。

"我无能为力……等等……我可以做点什么。"我在巴玛身上用力挠了一下,从大门上跳了下来。有那么一瞬间,我有些担心——我离开的时候,毛毛没有跟上来怎么办?巴玛不让她走怎么办?谢天谢地,毛毛小跑着跟在我身后。拿我自己冒险不要紧,拿她冒险后果就不堪设想了。

"现在,我们得把倒塌的树木清理走,把垮掉的缺口补起来,这样巴玛就出不去了。"我说。我三言两语跟兽医们说了那些倒塌的树都在哪些地方。"你需要到缺口那儿去,把那些树搬走……用车把它们拖到一边,再用车堵住缺口。"

"如果我们干活的时候巴玛正好走到缺口那儿怎么办?"

特瓦瑞斯医生问。

"你们必须赶紧行动起来。"我说,"我要把象群引开,到拖车那儿去,毛毛该吃东西了,对吧?"

他们点头表示同意,然后上了车,沿着外层围栏和水泥墙之间的小道向缺口开去。我也出发了,我后面跟着毛毛,毛毛后面依次跟着贝加、特里克西以及其他大象。巴玛依然站在大门处,目送着我们远去。不知怎的,我觉得把他单独留下有些对不起他,但是打开大门让他加入我们,那就是错上加错了。

21

象群围着我和乔伊斯，毛毛贪婪地从我手里的奶瓶里喝着配方奶。

"重要的是，你没事。"乔伊斯说。

"重要的是，大家都没事。"我反驳道。

"不。象群没事是挺好的，毛毛没事当然更好，但是你没事才是最重要的。"

"谢谢你这么说，谢谢你的理解。希望我老爸也能这么想。"

"你希望我把这件事告诉他吗？"

我的第一反应是"好呀"，但是我没说出口。"还是我自己告诉他吧。"

"我料到你会这么说，不过你告诉他的时候，至少让我也在场好不好？"

"好哇。"

"有时候，就算你没有任何过错，有个律师在身边，也是好的。"

我先是听到一阵发动机的声音，然后又看到一辆车突突突地出现在路上。老爸比平时开得快多了，那不是好兆头。

"我有一种预感，他可能已经知道发生了什么。"乔伊斯说。

"嗯，我和你想得一样。"如果他是从隔离区那个地方来的，那么他应该遇到了格蕾丝医生和特瓦瑞斯医生，他们跟他说了详细情况。如果是我亲口告诉他的，情况可能会好一些。我会略去那些可怕的部分……算了，每个部分都挺可怕的。

车子减慢了速度，最后停了下来，老爸跳下车。他看着比平时更魁梧一些，怒气冲冲。我不太习惯看到他生气，尤其是对我生气。我觉得此时比面对巴玛时更让人害怕。听起来有些愚蠢……是不是？

"你脑子进水了吗？"他向我吼道。

大象们听到他怒吼的语气，慢慢地走开了，在我俩之间留出了一块空地。

"你可能会丧命的！"

"我知道。"我咕哝了一句。

"你知道？那头大象以前要过人的命。你知道！"

"我知道他不会伤害我，我能从他的眼睛里看出来。"

"离那么近都敢直视他的眼睛，你怕是不想活了吧！"

他说得没错。那么近，我想跑都跑不了。

"你向我保证过，你不会用手喂他吃的，但你还是这么做了！"

"你在那儿的话，你又会怎么做呢？"乔伊斯问他。

他好像这才注意到了她的存在。

"什么？"

"如果当时你是萨慕，你会怎么做？你会跑开吗？"

"当然不会。"

"你不也会那样做吗？"乔伊斯说。

"你到底站在谁的一边，嗯？"他质问道。

"我谁都不站。我只是在想，如果她是我女儿——"

"他不是你女儿！"他断然说道，"你不知道失去女儿的滋味。"

乔伊斯看起来很受伤："抱歉……我只是想帮忙。"

"你要是想帮忙的话，就不要插嘴。这是我们的家事。"他冷冷地说。

乔伊斯看起来伤透了心。我以前见过，因为我以前伤害过她。她转身要走，我一把抓住她的胳膊。"不，我希望她留下来。"我对老爸说，"而你应该道歉。"

"你要我向你道歉？"他听起来非常吃惊。

"不是向我，是向乔伊斯。你不应该用那种态度对她，也不应该对她说那样的话。"

"没关系。"乔伊斯说，"我理解。"

"有关系，你没做错任何事。做错事的也许是我，但不是你。"我直接转向老爸，"你说呢？"

"我……呃……很抱歉，乔伊斯。"他的怒气被尴尬或者说懊悔取代了。

"没关系。"她说，"你生气，是因为这个世界上对你而言最重要的人可能会出事，我理解。"

"很抱歉。"他说，"你知道，有时候我对大象的了解比人多，尤其是现在，我又生气又害怕又——"

我笑了。"不管怎样，无论何事，无论何时，你对大象的了解永远都比人多。"我说。

他耸了耸肩，朝我微微一笑："但是，你不应该那样做。"

"我知道，也许我的确不应该。那样做与其说是勇敢，不如说是愚蠢，但是我当时又能怎么做呢？"我问，"我做的不过是你可能也会做的事。"

"也许比我做得更好。"

"也许你们应该互相拥抱一下。"乔伊斯提议道。

老爸似乎吃了一惊，接着便用他那结实的胳膊抱住了我。我也伸出胳膊，把乔伊斯拉进了我们的拥抱中。

22

我站在前门旁边，透过围栏上的缝隙向外偷偷瞄了一眼。外面停着十几辆车，除了车身的颜色和上面代表不同电视台的大大的字母外，看上去几乎一模一样。幸好有保安拦着他们，没让他们靠近这个园区。

但是保安拦不住直升机。在过去的一个小时内，已经有三架不同的电视台直升机从我们头顶上飞过。他们在天上搜寻保护区里的动物，对着象群嗡嗡嗡地响，吓得他们六神无主。老爸气极了，如果他手里有枪，早对着他们开枪了。幸亏他没枪。

我敢肯定，那些直升机上的人没有看到毛毛。她和贝加在仓棚，吃着干草，喝着格蕾丝医生和老爸给他们喂的奶。他们在棚子底下，从天上看不见。很明显，新闻记者们已经嗅出这里发生了不同寻常的事，但是我们不希望毛毛被曝光，能隐瞒多久就隐瞒多久。我们也不希望他们拍到她的任何照片。

听到直升机引擎的呜呜声，我离开了围栏。抬头看了看天上，我弯腰捡起一块大石头向它扔去，然后才意识到自己好傻。大石头啪的一声掉在地上。

那声音越来越大，一个黑影从我头顶掠过。我认出那是吉米的直升机。它向我们的房子飞去了，我跟在后面跑了过去。飞机放慢了速度，开始向地面降落。我在离飞机相对安全的地方停了下来，但是飞机旋翼扬起的尘土和石子还是朝我扑了过来。我用手捂住脸。旋翼的速度慢了下来，直到尘埃落定。

门开了，吉米走了出来。他竟然没有乔装打扮，这有些反常，新闻记者们都知道他在这儿呢。吉米走下飞机的舷梯时，另一个身穿西服、手提公文包的男子也出现在机舱门口，一看就是律师的派头。除了乔伊斯，其他律师我都不喜欢。

"没想到是你，但是很高兴见到你！"我大声说。

"高兴？"吉米回道，"嗯，看你怎么理解这个词了。毛毛还好吗？……嗯，她怎么样了？"

"她挺好的，在仓棚呢。直升机一直嗡嗡嗡的，吵得象群不得安宁。"

"要不了多久他们就不会吵了。我让我的律师提交了一份禁令，法官批准了一项临时命令，禁止所有飞机在我们这片土地方圆 5 千米以内低于 3 千米的上空飞行。"

"哇，太棒了。"

"如果你有得力的律师，那么就没有什么事是不可能的。"

"他是个律师，对吧?"我指着站在他身边的那个男子问。

"对，他是个律师，索亚先生。"

"名叫詹姆斯?"我问。

"当然了。我猜你判断他是一名律师，是因为他西装革履、皮鞋锃亮吧? 其实你一闻就能闻出来。"吉米说。他径直看了看那名男子，说:"请勿见怪。"

"绝对不会。"他说。

"经验告诉我，在生活中，律师是必不可少的，他们自有用处。"

"蟑螂和蚊子也有用处，但是那并不表明我非得喜欢蟑螂和蚊子。"我说。

吉米发出了奇怪的笑声:"我喜欢你。"

"我也喜欢你。"我说。

"那就更难办了。"

"什么意思?"

"我们需要和你爸爸谈谈。他人呢?"

"他和毛毛在仓棚。"

"这个方向，对吧？"吉米问。

"对。"

吉米抬脚疾步而去，我只好拼命追上他。那个律师远远地落在了后面，他那锃亮的鞋子要吃灰了。我希望他匆忙追赶的时候一脚踩进一大坨没过脚踝的大象粪便里。

"他们是怎么发现毛毛的？"我问吉米。

"事实上，他们还不知道毛毛的事。"

"那他们为什么而来？"

"他们知道这里有大事要发生，但是不知道具体是什么大事。我们一直在关注新闻报道，目前他们什么都还不知道。"他说。

"那他们怎么知道到这儿来挖料？你知道我们可什么风声都没走漏。"

"我知道。你和你爸爸都是诚实可敬的人，可能是我手下的某个人走漏了风声，但直接参与这个项目的人知道得都不会太详细，媒体也是。也可能有人把我的行踪串在了一起，或许有商业间谍在跟踪我。"

"但你却不知道是谁，正一筹莫展。"我说。

"眼下是这样，但是我最终会把他揪出来的——那不是我的小姑娘嘛！"他高兴地大喊。毛毛和贝加正把头探出仓棚。

吉米朝他们跑去，我紧紧地追了上去。他们被吉米的突然到来吓了一跳，躲进棚子里不露面。我跟在吉米后面，一把抓住了他的手。"他们已经被那些直升机吓得惶惶不安了，我们得安安静静地走过去。"

"对，对，是的。你对大象总是很有一套。"

"过奖。"

"还很勇敢，非常勇敢。"

"在毛毛和贝加面前，勇敢不算什么。"

"我正要和你说说昨天你对那头公象的所作所为。你愿意用生命来保护毛毛。"

一定是那两位兽医告诉他的。毫无疑问，总会有人告诉他的。

"并不像有人想的那么勇敢。有时候，人们会添油加醋，夸大其词。"

"我并不认为把自己置于毛毛和一头发飙的公象之间的这种说法是夸大其词。"

我耸了耸肩："你不会这样做吗？"

"恐怕不会。我会拿钱冒险，但绝不会拿命冒险。我是相当讨厌风险的。"他说，"我想让你知道，有时候我们必须做一些我们不一定愿意做的事。"他顿了顿，又说，"有些决定，无论你如何选择，都是错的。"

我有些蒙了。他在说什么——还是想暗示什么？

我们穿过大门，毛毛出来迎接我们。让我意外的是，她看见吉米比看见我还要开心。她用鼻子蹭蹭他，他咯咯地笑了。

"她可真喜欢你。"我说。

"应该的。严格来说，我是她的爸爸，因为我实施了克隆她的基因测序项目，当然，她的妈妈是"——在那一瞬间，我以为他会说是我，但是他说的是——"一头差不多死去了4000年的猛犸象。"

"真高兴见到你。"老爸一边向我们走过来一边说。

"是呀，真高兴。"

老爸握了握吉米的手，接着注意到了那个律师。"你是？"他问那位男子。老爸的声音听上去并不友好。

"索亚先生，詹姆斯·索亚。"吉米说。

"他是个律师。"我说。

"你怎么还带了个律师来？"老爸问。

"不要紧。"我安慰他说，"他还申请了禁令，不让那些直升机嗡嗡地吵我们。"

"哦——那很高兴见到你，非常感谢。"

"他不是那个申请禁令的律师。"吉米说，"我有好大一串律师呢。"他顿了顿，看上去古里古怪的，"你怎么称呼一群律师？"

"什么？"

"呃，一群大象，一群鲸鱼，一群狼……对了，他们就像狼群一样。我有一群狼一样的律师。"

我哈哈笑了："也许他们更像鹅或者乌鸦。一群鹅一样的律师，或者一群乌鸦一样的律师。"

吉米像平时那样咯咯地笑了。

"你为什么带着这个律师？"老爸问。

"我带着他，跟那头公象有关。"

"你想让他起诉那头大象？"我问。

他又咯咯地笑了："你总是很会说笑话，你非常有趣。"

"他为什么来？"老爸又问了一遍，他的语气和表情都很严肃，让我有些不寒而栗。

"你和你女儿都是好人。"吉米说。

这个开头听起来不坏。

"我非常感激你和萨慕为毛毛所做的事。"

"对这里所有的动物，我们都会那么做。毛毛是我们这个家的一员。"

"她是你们家的一员，昨天却差点死于非命。我不能让毛毛再在这么危险的地方待下去了。"

我目瞪口呆："你是说我们需要除掉巴玛？"

他摇了摇头，我似乎应该松一口气，然而并没有。

"我保护了毛毛。"我说,"我挡了上去。"

"正因如此,所以这件事很难办。"他扭头对他的律师说:"你来说。"

那位律师放下公文包,打开并从里面抽出一个信封。"请您注意,我现在正式把这些文件交给您。"说着,他把信封递给了老爸。

"你要起诉我们?"老爸有些不敢相信。

"当然不会!我绝不会干那种事。"吉米说。

"那你要干什么?"

"我要买断你的权利。"

23

乔伊斯已经研究过老爸和吉米之前签过的原始合同，现在正在读他刚拿到的那份文件。吉米一走，老爸就给她打了电话。遇到这种事，如果你想以牙还牙，那么吉米请了律师，你一定也会请律师。吉米有一堆——一群——律师，而我们只有乔伊斯。

"这些文件都说了些什么?"老爸问。

"这些，"她举着那些文件说，"是他要买下你的保护区的正式报价。"

"我不卖。"

"没用。"

"当然有用。你不可能未经别人同意就买下别人的家，一个人的家就是他的城堡。"

"是的，没错。除非那个人之前签了一份协议，说他同意出售，而你签了。"

"我签了一份协议，说的是他可以成为我的合伙人，买下10%的保护区，而不是买下全部。"

"两个条款你都签了，这儿呢。"她翻了几页，指着一页的底部说，"这是一份互相买断条款，你已经在这儿签名了。"

"早知道我不会同意的。"老爸说。

"你签了这份合同，从法律上来讲，你已经同意了。"

"但是我不知道哇。"

"我真希望你签合同之前我在现场帮你看一眼。"

"我也这么希望，但那是你到这里做志愿者一年多以前的事，那时候我们都还没见过——唉，都是之前的事了。"

"互相买断是什么东西？"我问。

"是一个条款。简单来说，就是合同双方——你爸爸和詹墨有限公司——同意在接到对方的书面通知后，一方可以买断另一方的权利。"

"就算另一方不想被买断也不行吗？"

"是的。如果一方出价，另一方必须按比例出同样的价或者更高的价。"

"我被搞糊涂了。"我爸说。

"你拥有这个保护区90%的所有权，他只拥有10%。如果你想买断他——"

"我能买断他?"老爸疑惑地问。

"你可以。"

"那我们就买断他吧。与其让他买断我,不如我来买断他。就这么定了。"老爸说。

"但是我们哪儿来那么多钱买断他呀?"我问。

"我们可以向银行贷款。"

"那将是一笔数额巨大的贷款。听我说,"乔伊斯说,"按比例出价的意思是,你出的价必须与他出的价相匹配。根据这份文件,他愿意出 900 万美元买下你的份额——"

"900 万美元!"我惊得合不拢嘴,"他出价 900 万美元?"

"是的,报价金额就在这儿。"乔伊斯说。

"但是我们不买他的账,"老爸说,"不管他出多少都没用。"

"不,有用。"乔伊斯说,"这就是按比例出价。他出 900 万美元买你的 90% 的所有权,你就得出 100.0001 万美元才能买下他 10% 的所有权。"

"我们根本没法付他那么多钱,"老爸说,"银行也不可能贷给我 100 万美元。"

"有了——如果你告诉银行你有一头价值连城的长毛猛犸象呢?"我建议道。

"如果我能说服他们,也许有用。"老爸说。

"但是你不能拿毛毛作为筹码来说事。"乔伊斯说，"如果你这么说，你就违反了保密协议，那么吉米不用出一个子就可以将这里据为己有。"

"你说得对……我都没想到这一点。"他说。

"所以他出价那么高，"她说，"就是要让你们出不起价。"

"一定有别的办法。"

"你知道，如果我有那么多钱，我会借给你的。"乔伊斯说。

"你也知道，就算你给我，我也不会要的。"

"等等！我们难道不能用他提供的资金，带上我们的象群，再建一个保护区吗？"我问，"900万美元足够了。"

"你可以重新买一块地，但是不能带走大象。毛毛和其余的大象是这个保护区的一部分。"乔伊斯说。

"什么意思？"我问。

"吉米是这片保护区的部分所有者，包括里面的大象和毛毛。他的出价不只是对这个保护区，还包括象群。"

我不知道该说些什么。我已经不知所措了，但是我的脑子依然转得飞快。"那么……如果我们不能买断他，我们就得离开这里，离开我们的家……离开我们的大象……离开毛毛，对吗？"

乔伊斯点了点头。

"你是说我们毫无办法？"老爸说。

"抱歉，但是我找不到别的办法。"

"那样做是不对的。"他说。

"不是对不对的问题，而是合不合法的问题。也许我可以走法律程序，提起上诉，把这件事诉诸法庭。"

"会有用吗?"老爸问。

"至少我们可以让他的买断不那么容易，这样他就会想要和解，并且可能会允许你带走几头大象。"

"几头?"

"也许我们可以协商，这样你就可以带走特里克西、拉亚，甚至一两头其他大象。"

"我们不能那么做。他们是一家人，应该待在一起，毛毛需要他们。"我说。

"尤其是当毛毛已经没有了我们的时候。"老爸的声音冷冷的，几乎没有任何感情。他看上去垂头丧气。

"如果我们和吉米谈谈呢?"我说，"说不定可以说服他不要那么做。"

"我试过了。"老爸说，"他既不回我的邮件，也不接我的电话。"

"当有可能打官司的时候，人们惯常的做法就是通过律师来联系。"乔伊斯说，"他断了跟你的一切联系，这样就不用面对你了。这就是坏人做坏事的方式。"

"问题是，我觉得吉米不是个坏人，不过他做的这件事的确挺坏的。"我说。

"我不那么认为。他欺骗了我，背叛了我们，还有我们的大象。"老爸说，"他就是个坏人。"

"不。"我摇了摇头说，"他不是。他与众不同，有些古怪，但并不坏。"

"我不信。"老爸说，"如果我们无法阻止他，会怎样？"

"你们将不得不离开这里。"

"什么时候？"我问。

"根据合同条款，你有48个小时的时间考虑他的出价。如果你不同意，你还有另外24个小时的时间腾空这个营业场所。"

"总共也就3天！"我惊呼道。

"自这份文件生效起，每一分每一秒都算在内。你们已经没有72个小时了。"她说。

"但是我们能去哪儿呢？我们去哪儿住呢？"

"你的银行账户上将有900万美元，你想去哪儿就去哪儿。"

"我唯一想去的地方就是这里。"我说，"这里就是我想要的全部，这里是我的家。"

老爸浑身战栗，"我们可以再建一个家。"老爸的声音小到几乎听不见。

"不。我们会有另一所房子，但是不可能有另一个家。"

288

“有家人的地方就是家。”乔伊斯说。

“而我却要离开我绝大多数的家庭成员。”我站起身，向门口走去。

“萨曼莎！”老爸大声喊道。

我僵在原地。

“你要去哪儿？”他厉声问。

“去道别。”

24

和我那已经搬空的房间道别后，我走了出去，关上了门。这是我住过的唯一的房子里唯一属于我的卧室，一个小时后，它就不再是我的了。

过去的 3 天，我们为搬离这里忙成了一锅粥。我们所有的一切都被打包搬出了门——包括我在这里自出生以来的所有记忆，以及我出生之前老爸的所有记忆。这里有他和我妈妈一起度过的时光，每一个角落都留下了我们点点滴滴的印记。

我立在老爸卧室的门口，门开着，那曾是他和妈妈共同的卧室，直到那一天，我出生了，妈妈却离开了。我不曾在这个房子里见过她，但她曾在这个房子里生活过。这座房子已不再属于我们，我们已经永远失去了它。妈妈的记忆都在我们已经打包好的箱子里吗？还是有些记忆将永远驻留在这个人去楼空的房间？

我努力不去想，假如我拥有对她的记忆会不会更好一些？那样会使离开更难吗？也许吧。不，没有也许，就是更难，但是如果我能保留那些记忆，就算更痛我也愿意忍受。

假如我不曾遇到特里克西、拉亚、贝加，以及其他大象，我是不是会走得更轻松？毛毛怎么办？她在我生命中的时间并不长，但在我心里，她比其他任何大象都更重要。不是因为她是一头猛犸象，而是因为自她出生，我就一直陪伴着她。这一切都让我心如刀割，但是最让我难以忍受的是我曾在黛西·梅面前许下的诺言，我说我要照顾好她的孩子。现在，我要食言了。

我知道我必须离开了，但是不知道该如何离开。我打开了前门，陷入犹豫。我该回头再看一眼还是勇敢地离开？这两种想法在我的脑子里纠缠，最后，我想通了，我想记住我们家原来的样子：摆满了各种家具，充满了希望，而不是现在这种空空荡荡冷冷清清的模样。

我关上门，径直离开了。

我不要让现实为我的记忆蒙上阴影，我要尽量为曾经的时光而开心，不要为已经失去的而忧伤。想想容易，做起来难啊，但是我只能努力试试。

搬家的大卡车就停在房前，里面装满了我们所有的东西，都是我们帮着搬上去的。那笔钱——那笔数额惊人的巨款——没能让我们留下来，却让我们的离开更容易了些。我们用它付了卡车的账、打包的钱，还有我们即将前往的那个地方的费用。那是一座小房子，有漂亮的小院，就在镇上，跟我最好的两个朋友家只隔一个街区。她们说会在那个房子里迎接我，帮我布置房间。太好了，我现在需要的正是关怀。

那个房子是租的，我们会一直住在那里，直到我们找到适合永久居住的房子。老爸在寻找合适的房子，或者一块他可以在那里建一座房子的土地，那块土地至少得有120万平方米，有开阔的田野、森林，有溪流、水塘，或者可以挖出个水塘的地方。它将容纳比之前的那个保护区多一倍的大象，再也没有人能把它从我们手里夺走，它将完全属于我们，我们再也不用为钱发愁。

我们已经有了第一头大象，巴玛。我们已经安排好让他尽快离开保护区，住到另一个公园，直到我们找到合适的地方把他带走。祸事因他而起，而他也将不得不两度辗转，对此，我很难过，却不忍心归咎于他。他没有任何错，他受过虐待，经历了各种磨难。即便如此，在他惶恐不安的时候，他依然表现出温柔的样子。与此同时，我也很高兴他最终能和我们有一个共同的家，至少我们可以让他的余生好过一些。

　　而且，我们即将拥有一只小狗。老爸让我挑选种类，我决定养一只爱尔兰猎狼犬。我想弄到最接近大象的动物，明天我们要去看一窝三周前出生的小猎狼犬。

　　我向水塘走去，大象们都在那里。老爸和乔伊斯已经和他们道别过了。道别……是的，和他们道别，和每个家庭成员道别，永远地别了。他们告诉我们，不许来探望，也不许联系，永远不许回到这里。我将再也见不到象群了。说不定，还可以，我已经想好了如何绕过保安，围栏的哪些地方可以进出，我一清二楚。就算不让象群看到我，我也照样能看到象群。

　　象群围着老爸和乔伊斯，身上还在滴水，应该刚从水塘里出来。拉亚还在水塘里，他总是第一个下水，最后一个出来。我再也不能在那个水塘里自由漂浮，再也不能因为他把我抛来抛去对他生气了。我想哭，但是我忍住了眼泪。哭有什么用？

　　特里克西第一个注意到我走了过去。她稍稍低下了脑袋，一副不解的样子。她在试图弄清楚情况，她看出了一些异常。不只是搬家——她也许嗅出了我们的情绪。毛毛站在象群中间，还没看见我。

　　两位兽医坐在不远处的车里，正是他们的报告造成了现在的局面。他们心里清楚，对此也感到十分愧疚。他们不停地道歉，说他们感到万分难过。无论他们有多难过，我都比他们难过一万倍。

我走上前去，老爸伸出双臂抱住了我。"你还好吗，萨曼莎？"

"很不好，跟你一样。他们还好吗？"我指着象群问。

"他们知道事情不对劲，但是不知道有多么不对劲。"

"真希望我能亲口告诉他们。"我说。

"以前我们从来不需要言语，但是现在我们需要。"他说。

"最糟糕的是，他们会认为我们就这样跑了，抛弃了他们。"

"他们甚至连一个哀悼的对象都没有。"他说。

我想起他们哀悼黛西·梅和花生的情景。

"你们离开他们最长的日子有多久？"乔伊斯问。

"我记得是 3 天吧。"我说。

"那还是去参加萨曼莎的外祖母——也就是她姥姥的葬礼。"老爸看了看手表，"该动身了，我们得做最后的道别了。"

"你们两个去吧。"乔伊斯说。

我伸出手，抓住了她的手："你不用去。"

"我不去，你们需要单独待会儿。"她稍微用力捏了捏我的手，走了。

乔伊斯的离开可能引起了毛毛的注意，她抬起头，又扬起鼻子，向我们跑过来。她跑得很快，有那么一刹那，我担心她会把我们撞得四脚朝天，没想到她在我们面前径直站住了。她抬起鼻子在我脸上、身上到处蹭。我知道她看到我很高兴，但是看到奶瓶她会更高兴。我怎么就没想起来带一瓶呢？

我听到车门打开的声音，接着就看到格蕾丝医生和特瓦瑞斯医生向我们走来。一阵愤怒向我袭来，我不稀罕道歉，我就想他们离我们远远的。接着，我看到特瓦瑞斯医生拿着一大瓶配方奶。

毛毛看见了他们，也看见了奶瓶，但是她在我身边待着没动。也许比起奶瓶，她更愿意和我待在一起。

"我们不想打扰你，但是想知道你能不能再给她喂一次。"特瓦瑞斯医生说。

我从他手里接过奶瓶，毛毛立刻凑上来找奶嘴，我把它喂到毛毛嘴里，她开始咕咚咕咚地喝起来，瓶子里的奶水越来越少，泛起的气泡越来越多。

"谢谢你让我喂她。"我说。

"不，应该谢的是你，"格蕾丝医生说，"你比其他任何人都喂得好。"

"我希望什么时候能再回来喂她。"

"如果我们说了算，那么你每天都可以待在这里，这样的事再也不会重演。"特瓦瑞斯医生说。

"你知道我们也感到十分内疚，我们还讨论过辞职不干了。"格蕾丝医生说。

"你们不能辞职!"我大声抗议,"我们走了,她就靠你们俩和莫根医生了。"

"所以我们没有辞。"特瓦瑞斯医生说,"发生的这一切让我们特别难过,我不明白为什么他不让你们回来。"

"也许是为了大象好,我们来来去去会让他们不适应。"老爸说。

"我希望……至少知道他们过得怎么样。"我说。

"我们可以随时打电话,告诉你最新情况。"格蕾丝医生说。

"那样不会给你们招来麻烦吗?"

"严格来说,会有麻烦。我们不应该和任何人说起这里的任何事。"格蕾丝医生说,"你知道,我们签了保密协议。"

"但是吉米不知道,这也伤害不到任何人。"特瓦瑞斯医生补了一句。

"衷心感谢你们能这么说,"我说,"但是我觉得你们不应该那么做。你们不能拿工作冒险,不是因为你们会失去工作,而是因为毛毛不能失去你们。如果你们再离开,那么对她来说就是雪上加霜了。"

他们俩点了点头。

"不打扰你了。"格蕾丝医生说。

"谢谢。"老爸回道。

"我们还会保持联络的。"特瓦瑞斯医生说,"我们就算不谈论这里的情况,也还可以给朋友打打电话,问问他们的近况吧?"

"你们就是我们的朋友,"格蕾丝医生说,"是我们敬重的人。"

我伸出手和他们道别。格蕾丝医生把我拉到她身边,特瓦瑞斯医生伸出胳膊抱住了我们俩。

"我们会尽力照顾好这些大象。"他说。

"也会遵守你对黛西·梅许下的诺言,照顾好毛毛,看管好她。我们向你保证。"格蕾丝医生说。

"我们是为吉米·墨丘利工作,但我们有一个更高的誓约:在我们的职责范围内力所能及地照顾好这些动物。毛毛会好好的。"

"谢谢,谢谢你们俩。"

他们点了点头,回到了车上。

"到了最艰难的时刻了。"我说。

"你没去之前,我已经和他们道过别了。你去道别的时候,要我陪你一起吗?"老爸问。

我摇摇头:"我一个人可能还好些。"

他给了我一个拥抱。他的怀抱给了我一种安全感。他用力抱了抱我，然后松开了。

"一切都会过去的。"他说。

"会吗？"

"我不知道会以什么方式，但是终究会的。"

他转身走开的时候，我看到眼泪在他眼眶里打转。他觉得这个时候我需要他坚强，他不想让我看到他的脆弱，我知道。

我想和每头大象一一道别，第一个和谁道别不重要，重要的是最后一个，我心里已经有了主意。

毛毛已经喝完了奶，一直跟在我身后。我首先向贝加走去，我先在他左耳朵后面挠了挠——那是他喜欢的地方。他还只是个孩子，什么都不懂。我甚至怀疑在我离开他几个月后，他是否还会记得我。

我从一头大象走到另一头大象那里，最后只剩下三头大象。

"拉亚，我得说再见了。希望你理解，这不是我想做的，我真的是迫不得已。"

他低下头，用前额轻轻地摩挲着我，隔着衣服我也感到我流汗了。凉意让我好受了些。

"我真希望能看着你长大，有时候又希望你一直这样呆头呆脑的。"

他蹭得更用力了。

"我们都只有10多岁，不管怎样，后会有期。我保证会记得你，你也要保证记得我。大象永远不会忘记，我也不会。"

我在他的鼻子上挠了挠，走开了。

他待在原地，毛毛紧跟着我。

我从一头大象走到另一头大象身边，特里克西一直看着我。她远远地站在一边，视线却一直没有离开我，好像知道我和每一头大象都有些悄悄话要说，但又希望见证我和所有大象的道别。她是在观察我的反应还是其他大象的反应？

我向她走去，她也向我走来。

我们在中间相遇了。毛毛当然一直跟在我身后，她一直想吮吸我的手。

"没有奶瓶了。"我厉声说。

说完我就后悔了。一是后悔自己对她那么严厉，二是我意识到那是我给她喂的最后一顿奶了。"对不起。"我对她说。

"好了，特里克西，轮到你了。我们即将离开这里，我和老爸都要离开。你现在是唯一的负责人了，你一直是唯一的负责人，谢谢你让我成为你们象群的一员。"

特里克西轻轻地低下头，转向一边，凝视着我。她发出绵绵的咕哝声，然后朝我喷了一鼻子气。她想说什么？我像往常一样，试图从她棕色的大眼睛里读懂她的情绪。她既不悲伤也不迷茫，既不害怕也不玩闹，是我熟悉的情绪。她觉得平静吗？觉得可以接受吗？

"你一直都是个尽责的妈妈、温柔的祖母、出色的女族长。毛毛可能会比其他大象更需要你。他们不让你和其他大象跟我们一起走，因为他们认为毛毛需要你们。她的确需要你们，现在更需要你们了。"

我努力不让自己的眼泪流下来。特里克西不需要看到我流泪，别人也不需要。

她伸出鼻子，轻轻地沿着我的脸蹭了蹭，感觉就像老爸给的拥抱——让我感到安全、可靠。我伸出胳膊，抱住了她的鼻子，也给了她一个拥抱。

"再见了，特里克西。我知道，没有我，你们一样会好好的。我希望，没有你们，我也能好好的。"我松开她的鼻子，走开了。

只剩最后一个没有道别了，我希望和她单独待会儿。我走到哪里，毛毛就一直跟到哪里。走到离老爸和乔伊斯还有一半距离的时候，我停了下来，他们在等着我，等着象群。我看了看前面，又望了望后面。他们和象群都看着我和毛毛。

我弯下身来，和毛毛四目相对："我知道你现在还无法理解我说的话，也无法理解要发生的事。"

作为回答，她稍稍低了低头，顶了我一下。

"希望你知道，你会好好的。我并不是你妈妈，就算是，没有妈妈也一样过，就像我一样，我都活下来了，你也一样能。我只有老爸，你还有整个家族和你一起。他们会把你照顾得好好的，就像老爸把我照顾得好好的一样。你虽然失去了一些东西，但也留住了一些东西。"

"你也失去了他们，"我心里这么想，但没说出来。我曾经一直以为我永远都会是象群的一员。

"我该走了。"我在她的耳后又挠了挠，抱了抱她，然后放开她，转过身，走开了。我的眼睛看着前方，不肯回头——什么在我身后撞了我一下，差点把我撞倒。是毛毛。

"回去。"我大声说，"回到象群中去。"

我艰难地后退了几步，她紧跟着向前走了几步。她想抓住我的手，被我甩开了。

"不要这样，我要走了！"

我回头看了看特里克西，隐隐希望她能帮我，而她站在那里一动不动，出奇地克制。她也没有办法。

也许我能找到办法。我走到一直等待、观望的兽医那里。

"你们还有奶瓶吗？"我问。

"车里还有两瓶。你要再给毛毛喂一瓶吗？"格蕾丝医生问。

"不，我希望你给她喂。"

格蕾丝医生拿着奶瓶下了车，我接了过来，毛毛立刻吮吸起来。我既感激又悲伤。我把奶瓶递给格蕾丝医生，毛毛继续喝着。我转身走开，目视前方。不能回头。

25

"这个应该放在你的床头柜上，对吧?"莉兹举着一个从盒子里取出来的相框问。

那是我最喜欢的一张照片：我和老爸站在象群中。

"对，它曾经放在我的床头柜上，但是，把它放在盒子里吧。"

"不，"她说，"我不会那么做。"

"什么?"

"我才不会把它放回盒子里，想都别想。"她绕过床，走过去，把照片放到了床头柜上。"这才是留给它的最好的地方。"

真正最好的地方在另一座房子的另一个房间里，但是我觉得没有必要告诉她这些。她只是想帮忙。她和史黛西、乔伊斯昨天一整天加上今天一上午都在帮我们拆行李、布置房间，史黛西刚刚回家了。我不想拆行李，把东西拿出来，摆在相应的位置意味着我们就要在这儿住下了。我想住在我们曾经住过的地方，或者我们将要去住的某个未知的地方。

老爸开始四处找房。银行里的存款给了他以前做梦都不敢想的选择。他的选择数不胜数，但没有一个是回家，所以我才不在乎。但是，我们得找个地方住下。

我拿起那张照片，觉得自己要哭出来了。

"哭吧，没关系。"莉兹说。

"谁说我要哭了？"

"我觉得我都要哭了，你为什么不哭呢？你很坚强，但就算大象也没有那样的铜墙铁壁。"

我知道自己没有那么坚强。

"现在就剩我俩了，你能告诉我到底发生了什么事吗？"莉兹问。

"我不能。"

"你当然能。我们是朋友，我不会告诉任何人的。"她说。

"我不能。我们签过保密协议的，对谁我都得守口如瓶，就算最好的朋友也不行。"

"我已经知道了一些。"

镇上的人都以为自己知道了一些。我什么都没说，只是疑惑地看了她一眼。

"我知道有人给了你们一大笔钱，让你们放弃那块土地。"她说。

"你怎么知道的？"

"这个小镇上只有一家银行，听说你们有了100万美元。"

"别听那些胡说八道。"我厉声说，"我不能跟你说太多，但是我可以告诉你，绝不是100万美元。"因为是900万美元，所以我并没有对她撒谎，不是多大的谎。

"抱歉。我猜你们不会在镇子外面买块地吧？"莉兹说。

我耸了耸肩："那倒是真的，我们准备另建一个保护区。"

"那你们一定得到了不少钱吧……都能再买一块地了。"

"是的，但并不是我们提出要离开重新买块地。"

"我知道离开保护区对你和你爸爸来说是一件非常糟糕的事。"

"糟糕到了极点。我们不仅离开了保护区，还离开了我们的家庭成员——我们的大象。"

她给了我一个大大的拥抱，我感觉好多了。

"谢谢你。你的安慰正是时候。"

"朋友就是用来安慰的呀。"

我们继续拆行李。我很庆幸她就此放下了这个话题。

"关于那片保护区上发生的事，有很多谣言。"她说。

很明显，她没有放下。我也不想说更多。

"我也听说了一些。"我说。

"无论那些谣言是什么，总之，这是这个镇上有史以来发生的最轰动的事情——竟然有那么多记者和新闻采访车。"她说。

"真是不可思议。"

记者们开着车蜂拥而至——他们不仅蹲守在保护区的各个大门外，还遍布这个镇的大街小巷，连我们新租的房子门前也有。我原本还希望他们已经厌烦了，离开了，没想到今天来的人比昨天还要多。

"我一直关注着新闻，"莉兹说，"有些新闻真是信口开河。"

"而且莫名其妙。"

有猜测称，吉米正在研发一个特殊的能源项目，说他已经找到了如何将动物粪便转化为燃料的方法；说他已经开发出了大脑思维连接，可以和大象交谈；还说大象们正在接受训练，可以通过敏锐的嗅觉来检测癌症和其他疾病。最后一个可能还有点靠谱——至少从生物学的角度来看——但是怎么实现呢？难不成要给各家医院配几头大象？

还有一个新闻非常接近真相。他们说，吉米的人马正在研究大象的基因序列，以便克隆非洲象和亚洲象并使他们重新繁荣起来。但是接近不等于说中了。

"我还能再问你一个问题吗？"莉兹问。

"随便问，只要不是我不能回答的就行。"

"你什么时候能把小狗带回来。"

我笑了："嗯，这个问题我可以回答，再等五周。"

"为什么要那么久？"

"小狗现在只有三周大，需要和自己的妈妈一直待到八周大。"我向她解释说。整整八周——我真希望自己也那么幸运，至少我们可以留下一些照片。

"小狗是世界上最萌的东西了……呃，也许除了小象之外。"

我感到一阵心痛。

"我真希望见过他——我说的是那头大象。"莉兹说。

"是她。她是个女孩。"

"她。你叫她毛毛，对吗？"

我点了点头。

"你给小狗想好名字了吗？"

"我得先有了小狗才能取个名字。"我说。

"有点道理。"莉兹说，"你有照片吗？"

"我没想过要照一张。下周我们去看那些狗狗的时候，你和我们一起去好不好？"

"我说的是那头小象。"

"一张也没有。"我谎称道。

"你觉得我信吗？"

我讨厌跟她撒谎。"我不可以向人们展示任何她的照片。抱歉，真的很抱歉，你不要再问了。我不能再说什么、展示什么或者回答你什么了，求你了。"

她点了点头。

我不能说，老爸不能说，吉米却在一个劲地说。不过，他说的没有一句是真的。他召开了一个大型新闻发布会，试图让记者们相信"没什么可看的"，但是记者们不仅没有离开，反而来得更多了。

吉米的神秘研究项目上了报纸、广播、电视，以及所有的脱口秀节目。源源不断的人群继续聚集在房子周围，希望有幸目睹正在发生的大事，哪怕只是一星半点。在一则新闻中，我看到吉米雇了更多的保安，把那块地全部围了起来——那曾经是我们的家。

当然，我们也是新闻的一部分。人们很容易就查明谁曾经拥有那个保护区，并很快弄到了我们的电话号码。我们随着搬家的卡车离开时，后面还有人跟踪。记者们想从我们这里挖到一些料，诸如我们为什么不在那个保护区待下去了，等等。有人出钱——一大笔钱——要老爸说说"他的故事"，不过这笔钱跟我们的"封口费"相比，简直不值一提。

我走到窗户边，轻轻地把窗帘拉开一道缝。街对面停着好几辆电视台的面包车，我数了数，大概有一百多人。有的是记者，有的是好奇的当地人，还有一些人驱车从几百里外赶来，就想凑个热闹。有些人举着牌子，上面写着"背信弃义的人""出卖家人的人"等等，说我们丢下保护区和大象不管了。这让我们很委屈，我真希望他们能看到事情的真相。

我有一肚子苦水要倒，却什么都不能说。如果我们违反了保密协议，这笔钱将被收回。那么，我们不仅失去了大象，失去了保护区，甚至连重新开始的资本也没有了。

两名身穿制服的警察驻守在我们的房子外，阻止人们前来敲我们的门。那些人要么是来采访的，要么是来骚扰的。来到这儿的第一个晚上，人们咚咚咚地敲我们的门，透过窗户往里看，打我们的电话。现在，警察阻止他们靠近这座房子。而自那以后，我们的手机也基本上一直处于关机状态。

莉兹走到我身边，看了看窗外。

"外面就像个马戏团。"她说。

"没有大象的马戏团。"我不假思索地脱口而出，说完又为我俩感到难过。

"我要进你家房子的时候，警察搜得可严了，像是觉得能从我身上搜出炸弹似的。"莉兹说。

我拉上了窗帘。

"真希望他们都赶紧走开。"我说。真希望整个事情像噩梦一样消失，然后我从梦中醒来——

前门传来砰砰的敲门声，我俩都跳了起来。

"一定是有人躲过了警察。"莉兹说。

"嗯，但是他们也走不了多远。"

我径直走到门口，莉兹跟在我身后。老爸和乔伊斯正好也从厨房里出来了。

"我来。"我说。

我拉开门。詹姆斯——吉米安保团队的头儿，正站在门外。

"你好，萨慕。"他说，"我们能不能谈谈？"

"不能。"我当着他的面砰的一声关上了门。这感觉真爽。

"干得好。"老爸在我身后说，"换作是我，会摔得更用力些。"

又是一阵敲门声，这次轻了些。我再次把门打开。

"吉米派我来问你们是否——"

"他又想把我们从这个房子里赶走吗？"我质问他，"我很快就会有一只小狗了，他也要从我手中抢走吗？"

我再次重重地摔上门，由于用力太猛，我们刚挂在墙上不久的相框掉在了地上，摔了个粉碎。

"这就对了。"老爸说，乔伊斯鼓掌相庆。詹姆斯又一次敲了敲门。我第三次打开门。

"求求你了，我完全理解你的感受。"他说。

"你又错了！"我正准备摔门，他伸出手，轻而易举地抵住了门。

老爸一个箭步走上前来："我女儿是这扇门的主人，如果她想摔上，就可以把它摔上。把你的手拿开，否则你可能会失去它。"

詹姆斯块头很大，还带着枪。老爸块头也不小，壮得像头大象。我不想让这种情况继续下去。

"等等，"我说，"让他把话说完。"

"你确定？"老爸问。

"就几秒钟。"

"足够了。抱歉我把门挡住了。"詹姆斯说着拿开了他的手，"在我们谈谈之前，你还要再摔一次吗？"

"不，我可能会在谈完之后再摔一次。"我说。

"我能进来说吗？以免其他人听到。"他指了指人行道上围观的人群。

我示意他进屋。

他进来后，我轻轻地关上了门。

"什么事？"老爸问。

"吉米给你们打了很多次电话。"

"我们关机了。"

"我想也是。吉米希望你们到保护区去，他想亲自跟你们谈谈，有重要的事。"

"真有那么重要，叫他派直升机来接我们。"我说。

"他派了。"

"什么？"

"就停在学校操场上，离这儿只有一个街区的距离。"詹姆斯说。

"不是说所有的沟通都必须通过他的律师吗？"乔伊斯说。

"是私事，关于毛毛的。"

"毛毛怎么了？"我焦急地问。

"这事你们得和吉米谈。求你们了，跟我走好吗？"

我和老爸交换了一下眼神，点头同意了。如果是毛毛的事，我们别无选择。

26

"我以前还从没坐过直升机呢。"我说。

"我也没坐过。"老爸回道。

莉兹已经回家了。一队安保人员护送我们穿过新闻记者、抗议者、围观者，向直升机走去。这种局面让人有些紧张，甚至还有一点害怕。这些人虽然无法接近我们，但没人能阻止他们拍照和叫嚷。他们追在我们身后，你推我搡，大声质问，咔咔拍照，直到直升机的门终于关上，把他们挡在外面。

直升机起飞后，我才感觉自己安全了，随即又感到不安起来。扶摇直上让人产生一种奇怪的感觉，就像在游乐园里玩过山车，越来越高，越来越高。我有些恐高，拉亚的脊背是我能忍受的最高的高度。

"真是一架相当别致的直升机呢。"乔伊斯说。

"吉米喜欢他这个玩具。"詹姆斯说。

"毛毛对他来说，是不是也是个玩具?"我问。

"当然不是，他非常关心毛毛，你知道他不是个坏人。"

"可他强迫我们离开自己的家。"老爸说。

"为了买断，他付给了你们一笔钱，比他该给的要多很多呢。"詹姆斯为他辩解道。

乔伊斯也说过这种话。老爸也清楚，就算吉米只出一半的价，我们也无法与之匹敌。

"我才不管多少钱，他抢走了我们的大象。"我说，"抢走了我们的家人。"

"我知道。"詹姆斯说，"我和他说过，那样做不对。"

"你说过?"乔伊斯问。

"总得有人跟他说说他不想听的事呀。有时候他太专注于一个项目，全然看不见别的事。不管怎样，那天晚上他一直心烦意乱，整宿都没睡。"

"我们也没有。"老爸说。

我记得吉米听说黛西·梅去世后也是这样的反应。他的确很关心大象——我知道这一点。

直升机减速准备降落的时候，我感到胃里一阵翻腾。我向窗外望去：从空中俯瞰，我们的保护区看上去非常辽阔而且郁郁葱葱——"仓棚塌了!"我喊道。那里只剩下一堆横梁和木板。

"吉米觉得那是个隐患,喊人把它拆了。"

"别人看到毛毛怎么办?"

"拆除的时候,象群正在这个园区的另一头吃草。二十个人拆一个小房子,速度快得让你吃惊。"

我看了看下面的园区,寻找着象群。我还没看到他们。

"扶好了,"詹姆斯说,"降落的时候会有一些颠簸。"我们的高度越来越低,飞行员突然旋转着掉了个头,颠簸了一下之后,我们着陆了。旋翼的轰鸣声越来越小。我们解开安全带的时候,驾驶员和副驾驶员从机舱里走出来,他们移动了几个控制杆,打开门,放下了舷梯。

"女士们,先生们,请下梯。"驾驶员指着门说。

我跟着乔伊斯穿过机舱门的出口,走到舷梯上。我在中间停住了。远处就是我的家——我曾经的家。直升机的舷梯下面,站着吉米。

"看见你们真高兴!"我向吉米走去的时候,他大喊道。

"是啊,我也很高兴见到你,真的很高兴。"我说。

我们脚还没挨地,乔伊斯就直奔主题:"你和我的客户有什么要谈的?"

"我希望他们——我希望萨慕喂喂毛毛。"

老爸走下舷梯的最后一级:"你派个直升机来接我们,就是为了让我女儿给毛毛喂一瓶奶？"

"没错，正是，这正是我希望的，也是我派直升机的原因。自从你们离开后，毛毛就没有吃过东西。"

"但是都已经过了差不多两天了。"我说。

"她病了？"老爸问。

"初步的体检已经做完了，结果显示没问题。医生向我保证说，绝对不是身体问题，他们认为她只是太过悲伤。请跟我来，她得吃点东西。"

一辆车正在一边等着。我们都挤了进去——我、乔伊斯、吉米都挤在后面的车厢里，老爸坐在前排詹姆斯的身边。

"我们要到树林那儿去吗？"我问。

"他们在隔离区附近。"吉米说。

"那可是我没想到的地方。"我说。

"那不是我的选择，是特里克西的决定。"吉米说，"她总是把象群带到那儿去。"

"那是因为我们曾在隔离区旁边给象群喂食吧？"老爸说。

"是的，格蕾丝医生和特瓦瑞斯医生解释过，所以我们开始在那儿喂他们，他们吃完了就进围栏里去了。"

我差点就要说："他们那样做是为了尽量远离你们。"但我没说出口……是那个原因吗？

"我还以为巴玛很危险，你不想让他们离他那么近。"我说。

"我带了一队人马，他们把隔离区的围栏和水泥墙建得更高更结实了，把仓棚也拆了。现在不用担心巴玛了。"

"你早那样做，也不至于把我的客户从他们家里赶走了。"乔伊斯指出道。

"我是想立即确保毛毛的安全，但我也希望隔离栏足够坚固，这样在巴玛去和你们一起生活之前，我就不必再给他换地方了。"

"你却不在乎让我的客户换个地方。"

"我对此很抱歉，我以为那样做是必要的。"

车子经过水塘时，我不禁想起了过去的那些美好时光。现在，不知为什么，水塘看上去有些浑浊冰冷。

"我有一个问题。"乔伊斯说，"你这样做，真的是因为担心巴玛会伤害毛毛，还是以此为借口，通过行使合同条款买断我客户的权利？"

吉米没有回答。

"是吗？"我问。

他长叹了一声："我是真的担心巴玛会伤害毛毛，我认为那迟早会发生。我也认为在注入更多资金之前，我必须完全掌控这个项目。"

"所以，主要还是为了让我们离开。"老爸说，"那一直都是你计划中的一部分吧？那就是条款一开始就写在合同里的原因吧?"

吉米耸了耸肩:"我是个商人。我知道自己说'我很抱歉'什么用都没有,但是我还是要说。你们找到新的土地了吗?"

"哪有两天就能找到的?"老爸气冲冲地说。

"很好——幸好还没有。太好了。"

他的这些话到底是什么意思?

"象群在那儿!"我大声喊道。

他们都在隔离区旁边。就是在那个地方,我们把围栏拆了一些,但是那里已经被补上了。特里克西像往常一样,第一个注意到了我们,她停下来不吃了,抬头看着我们的车越开越近。接着,我看到了毛毛,她正用鼻子卷着特里克西的尾巴。我发现他们都挨得好近哪,一头大象与另一头大象之间的距离不到三四米。是巧合?是感到害怕?是为我们的离开而悲伤?还是感到困惑?

詹姆斯把车停在兽医的车边上。我们下车的时候,特瓦瑞斯医生和格蕾丝医生赶紧迎上来。

"谢天谢地你们同意过来!"特瓦瑞斯医生激动地说。

"自从那天你离开,我给她喂了一瓶奶后,她就再也没有吃东西了。"格蕾丝医生说。

我的心都要碎了。我可怜的毛毛,我让她失望了,我让黛西·梅失望了。

"她什么都没吃?"老爸问道。

"也许喝了几滴。"

"她一定已经严重脱水了。"

"差不多已经到了一个临界点。"格蕾丝医生说。

"你们确定不是发生了肠道堵塞?"老爸问。

"十分确定。不给她打一针镇静剂,就给她做扫描是一件很困难的事,况且我们对能否给一头长毛猛犸象打镇静剂心存疑虑,原因很明显。我们非常确定她这样是心理原因造成的。"

"所以,你认为她不吃东西是因为我们离开了?"我问道。

"我们认为这是最可能的,要想证明,最好的办法就是你来喂她。她需要摄入液体。你能给她喂一瓶奶吗?"

"去帮我拿一瓶奶吧,我来试试。"

"车里就有一瓶。"

"给我拿来吧。"我说。我向象群走去,老爸在我身边,吉米和乔伊斯则跟在我们身后几步远的地方。

"特里克西!毛毛!"我大声喊道。

特里克西抬起头,竖起了耳朵。毛毛松开了特里克西的尾巴,把头转向我。

她径直向我跑过来,几乎把我撞翻在地,幸亏我用胳膊抱住了她,才没有跌倒。

"毛毛，毛毛，毛毛哇，我的小宝贝！"我几乎要哭出来了。

她叽叽咕咕地叫了几声，用鼻子在我身上揉来揉去。我把她抱得紧紧的，想把她的脑袋周围抚摸个遍，但是没有成功。

我一抬头，看见所有的大象都围着我们。特里克西和老爸站在一起，贝加站在特里克西旁边，拉亚挤了进来，毛毛被稍稍挤到了旁边。我们三个就在象群的正中间，我们的象群。

"奶瓶来了。"吉米说。

格蕾丝医生挤进象群中，把奶瓶递给了我。

她似乎已经克服了在象群中穿梭的恐惧。

"吃吧，毛毛。"我说。

我以为她会立刻接过去——她一定饿坏了也渴坏了——但是她却没有。她不看奶瓶——哦，更糟糕的是，她故意把奶瓶推到一边，好用她的鼻子在我的脸上蹭来蹭去。

"她不喝呀。"格蕾丝医生说。

"不是你说的那样啊。"吉米说。

"如果萨慕喂她，她都不肯喝，那么一定是有别的问题。"特瓦瑞斯医生说，"身体方面的问题。"

"我们必须给她做一个全面的消化系统扫描，然后——"

"不，不用。"老爸打断格蕾丝医生的话说，"你不懂。她之前不愿意喝奶，是因为萨曼莎不在这儿，而她现在不愿意喝奶，是因为萨曼莎在这儿。"

"什么意思？"吉米问。

"她太想念萨曼莎了，尽管她又渴又饿，但她宁愿跟萨曼莎多腻歪一会儿也不愿意喝奶，她想要萨曼莎胜过她想要喝奶。耐心等会儿吧。"

"说得非常有道理。"乔伊斯说。

所有的眼睛都盯着我和毛毛，不只是人们，还有大象们，他们都知道情势危急。毛毛还在对着我叽叽咕咕地叫，不停地用鼻子揉我的脸，低下头在我身上蹭来蹭去。还得持续多久？是老爸说的那样吗？

"该吃东西了，毛毛。来。"我把奶瓶按在她嘴上，她把它推开了，我又按回去。"来呀，毛毛，喝点吧。"

我把奶瓶直接放到她嘴里。她接住了，开始喝起来，咕咚咕咚，她喝得酣畅淋漓，好像要把整个奶瓶和我的手都吞下去。

格蕾丝医生和特瓦瑞斯医生欢呼雀跃，乔伊斯喜极而泣，老爸和吉米则笑容满面。我心中百感交集，不知该做何感想，但是我知道需要做什么事情。

"她很快就要喝完了。你能再给我拿一瓶吗？可能还需要第三瓶。"

27

毛毛一口气喝了四瓶才算喝饱了。我顺便给贝加也喂了一瓶，他也喝得心满意足。如果我给拉亚一瓶，他也会喝的。

象群吃完后，向水塘走去，他们准备去享受傍晚的洗浴了。我们跟在他们身后。我真希望自己带着泳衣。

"我总算松了一口气，太感谢你们了。"吉米说。我们站在水塘边，看着大象下水。

"就某些安排，我觉得我们需要谈谈。"

"什么安排？"乔伊斯问。

"你的最后一次安排把我们从自己的园区和房子里赶了出去，还把我们的大象据为己有。"老爸怒不可遏。

"是的。我想我判断失误了。"

"判断失误？"

"你霸占了别人的家园，就用这个词？"我问。

"我错了。我以为毛毛的家人是其他大象，没想到其实是你们两个，尤其是你，萨慕，你是毛毛的妈妈。"

"所以，你之前没有意识到，以为把我们打发走就万事大吉了，又因为你自己没有勇气，就找了个愚蠢又无情的律师来背锅？"我转向乔伊斯，说，"无意冒犯。"

"没事。"

"是不是？"老爸说。

吉米停了一会儿才开口。"詹姆斯曾告诉我，那样做不对。"他说，"我真应该听他的。"

詹姆斯点了点头。

"那么你心里到底是怎么安排的呢？"老爸问。

"还是说你的律师们跟我们的律师谈谈？"我挖苦道。

"不，我想直接和你们谈。我建议你们搬回你们的房子里，继续承担起照顾象群的角色。你们会得到一大笔工资——你们两个都有——来做这件事，并且同时拥有那900万美元。"

"你希望我们回来，作为你的员工照顾这群大象，是吗？"我问。

"正是。"

"哇哦。"我说，"那真是——"

"不可能的事。"老爸说。

在场的每个人，包括我在内，都难以置信地盯着老爸。

"你想怎么样？"吉米问。

"我不会为你工作，你付我再多的钱都没用。"

"毛毛需要你和萨慕。"

"没错，她是需要，她需要萨慕像个妈妈一样随时照顾她，而不是像个雇员一样因为照看她而领几个钱的工资，却随时可能被解雇。"

"我不会那样做的。"吉米说。

"你是说你不会再那样做了吧？"我问。老爸说得有道理。

"我不会的，我保证。相信我，不是几个钱，你们想要多少，我们都可以谈。说吧。"

"你没理解我的意思，你出多少工资我们都不会为你干活。"老爸说。

"太狂妄了！"吉米喊道。

"你对这个词倒很了解。"我说。

"又开我的玩笑？"

"没有。

"她说得有道理，"老爸说，"是不是，乔伊斯？"

"事情是可以商量的，但是假如一个人既有钱又有律师，那么任何法律条文都挡不住他——而你两者都有。"乔伊斯说。

"看样子你们还是不相信我。"吉米说，"再说，你们别无选择呀。如果你们走了，毛毛必死无疑。"

我把目光从吉米身上转到老爸身上，老爸正看着我。我仔细观察着老爸脸上的表情，注视着他的眼睛，想看出他到底在想什么。我知道他也一样在看着我。他眨了一下眼睛，其他人都没看到。大象不需要用语言来交流，有时候，和大象一起生活的人也不需要用语言来交流。解决的办法只有一个。

"老爸，我们走吧。"

他毫不犹豫地点了点头，拉起我的手，我们转身要走。

"等等！"吉米大喊，我们停住了，"你们不是认真的吧？你们走了，毛毛会死的。"

"死就死吧。"老爸说。他的声音严厉、刺耳、残忍，我不由得心里一惊，但我知道我们该做什么。

吉米和乔伊斯完全惊呆了。

"你们不是认真的吧？"吉米说。

"不，我们是认真的。我们要走了。"老爸说。

"你在吓唬我。"

"我不吓唬人。"

吉米转身看向我："知道毛毛因为你而死掉，你不会过得心安的。"

"我会过得很好。而且，该负责的不是我，而是你，是你导致的。"

"我都已经改变主意了呀。"吉米说。

"我没改变主意。"我说,"老爸,我们走。"

"你会受到良心谴责的。"吉米说,"你们会回来的,明天,后天,最长不超过大后天。"

"就算我三四天后改变了主意,那也晚了。她已经死了。"我说。

"也许这才是正确的选择。我们不应该创造生命,也许人们不应该扮演创世者的角色,你也不应该。"老爸说。

吉米大声地叹了口气:"这不是你们的真实想法,是不是?我知道你们会回来的。"

"我们走了就不会再回来了。"老爸说,"你知道的,我们'倔得像头象'。"

"应该是'倔得像头驴'。"吉米说。

"你对大象知之甚少,不是吗?你觉得什么事都只是一笔生意。"我说。

"事事皆生意。听着,你们可以讨价还价呀!"

"讨价还价?"老爸疑惑地问。他看了看乔伊斯。

"对。你们不喜欢我出的价,那么你们有什么别的建议吗?"

我努力忍住不让自己笑出来。吉米的气势弱了,也许我们的"安排"可以上场了。我的确有一些建议,那是我前几个晚上睡觉前一直在琢磨的春秋大梦。现在，它还只是个梦而已，也许……

"好吧……我的确想过。"

"说出来听听。"

乔伊斯的目光在我们和吉米之间来回游走，好像我们在打一场网球赛。

"如果我们搬回来，那就是我们的房子了，你得把我们的房子和土地还给我们。"

"没问题！你们甚至还可以拥有旁边的那块土地，那块毗邻这块保护区的土地，有 200 万平方米。"

"你已经买下了？"我吃惊地问。

"我喜欢速战速决。比起我能给你们的，这只是九牛一毛，而且——"

我打断了他："听着，还有。你说过，我老爸可以留下那900 万美元。"

"那都不是事。继续说。"

"我们回来不是当你的雇员，我们回来是做你的合伙人。"

吉米皱起眉头："你们还想成为合伙人？"

"你把我们赶走之前，我们不就是吗？"老爸问。

"嗯，没错，你们想成为什么关系的合伙人呢？"

"平等关系，五五分成。我们不同意的决定，你不能做；

你不同意的决定，我们也不能做。"我果断地说。

"这个要求太不合理了，远远超出了你们应得的。"

吉米有些激动，他的声音很紧张。我把他逼得太狠了吗？

"吉米，你不是一直说钱不是问题吗？"乔伊斯说，"几百万对你来说算什么？"

他没有立刻回答，好像在思考什么。我怎样才能把他拉回到正确的方向上来呢？

"你又不会失去毛毛。你得经常过来看看她，这很重要。"我说，"你不仅仅是一个商业合伙人，你一有空就得过来看看，毕竟，你是毛毛的爸爸呀，是不是？"

他笑了，点了点头。"我还在想，你们两个也许在吓唬我。"他说。

"难道你会拿全世界最珍贵的动物赌一把？"乔伊斯问。

"你们真是谈判高手。"吉米说。

"那就这么说定了？"老爸问。

吉米转向詹姆斯："你觉得呢？"

"听起来对每个人都很划算。"詹姆斯答道。

我克制着不让自己跳起来。老爸的胳膊搂着乔伊斯，他们两个笑容满面。

"哦，还有一件事。"我说。

大家都朝我看过来，大象们也看了过来。

"说吧。"吉米说。

"你还得给雷娜和蒂尼试验试验，给毛毛造些兄弟姐妹。新的猛犸象出生后，必须和他们的家人待在这里。"我说。

"没问题，那已经是计划的一部分了，我当然同意。"吉米说，"所有的我都同意。"吉米咧着嘴，和老爸、我、乔伊斯，甚至詹姆斯一一握了握手。"我会让我的狼群和你们的狼联系，把事情安排好。"

"太棒了，不过乔伊斯不是狼。"我说。乔伊斯正牵着老爸的手，而我牵起她的另一只手。"她虽然是位律师，但不是一只狼。她是一头大象，她是我们中的一员。"

后记

《大象的秘密》以大象生物学和行为学的现实情况为基础，巧妙地将大象科学与非暴力管理大象的艺术结合在一起。在介绍故事中的大象主角时，沃尔特斯让我们得以窥见大象之间极其复杂的社会关系，其中包括母象与小象之间持续一生的纽带关系，这或许是象群中最重要的一种关系。

本书传递了许多有趣的大象生物学和行为学知识，如：大象出生时神经系统已相当发达，他们每天需要消耗大量的干草来获得足够的营养，他们只能适应特定的居住环境，他们会对家庭成员的死亡表示哀悼……《大象的秘密》为了解这种动物的神奇世界提供了一个真实可信而又让人眼界大开的窗口。

小说以大象保护区为背景，描述了一种非暴力的管理大象的方式，在这种方式中，人类主人公将自己尽可能多地融入他们所照管的大象的社会结构中。每头被救助的大象背后的故事，都向读者揭示了这些动物在来到保护区前所经受的虐待性管理的情况，包括被链子锁、母象和幼象被迫分离，以及在活动受限的动物园里所面临的众多健康问题。

随着故事情节的发展，本书到达了一个令人意想不到但又看起来合情合理的转折点，它探索了一种备受争议的崭新的科学领域，不久前它还被认为只会出现在科幻小说中。《大象的秘密》中的"秘密"会在现实生活中上演吗？很多人都认为会的。同时，埃里克·沃尔特斯对科学的实用性和与之相关的伦理问题进行了通俗易懂的讲解，这些话题为各种不同的野生动物保护难题及动物福利相关问题提供了批判性思考的机会，引发人们就未来应该如何发展进行讨论。

总之，这是一个扣人心弦、引人入胜、让人眼界大开的故事。

我爱《大象的秘密》，并极力推荐它。

罗伯·莱德劳

加拿大动物园监察协会^① 创始人兼执行总监

获弗雷德里克·A.麦克格兰德动物福利终身成就奖^②

---

① 加拿大动物园监察协会（Zoocheck）是一家总部设在加拿大的国际野生动物保护慈善机构，成立于 1984 年，旨在促进和保护野生动物的利益和福祉。

② 弗雷德里克·A.麦克格兰德动物福利终身成就奖以加拿大已故参议员弗雷德里克·A.麦克格兰德（Frederic A. McGrand）的名字命名，他是"人道的加拿大"的创始理事和前任主席，终其一生都提倡尊重一切生命，为动物福利运动留下了重要且持续的哲学遗产，还建立了一个慈善信托，继续造福于加拿大大西洋地区的人道主义协会和动物保护协会。

作者后记

这是一部小说，但不是科幻小说。小说中的科学是基于事实的，首先是长毛猛犸象真的存在这一公认的事实。曾经，数目庞大的猛犸象在整个北半球的北部繁盛一时，他们处于食物链的顶端，统治了动物世界几十万年之久。

我们早期的祖先曾猎杀猛犸象，并将这些狩猎行为记录在洞穴的壁画中。人类的捕猎可能导致了这一物种数目的减少，但是最后一次冰河时代之后，气候变化使长毛猛犸象的栖息地锐减，这被认为是长毛猛犸象灭绝的主要原因。亚洲象是现存的与猛犸象最近的近亲，两者之间有许多共同特征，比如隆起的头部，耳朵均比非洲象的耳朵小等。事实上，长毛猛犸象与亚洲象有98%的基因组是相同的。

关于恐龙，我们只有化石遗迹，但是关于猛犸象，我们却有真正的骨骼遗骸和尸体。这些猛犸象可能是在陷入沼泽无法自救后死亡的，他们冰冻的遗骸至今仍在俄罗斯远东地区得到发掘，仅在美国密歇根州，人们就发现了 30 多具猛犸象遗骸。2015 年，人们在密歇根州发掘出数量庞大的猛犸象的骨头，包括头骨和象牙等。

2007 年，迄今为止人类发现的保存最完好的猛犸象遗骸在西伯利亚出土了，那是一头不足两个月大的幼象，据推断，她在永久冻土中待了 4 万多年。尽管被冰冻了很长时间，但她的眼睛、躯干、内脏和皮肤等都完好无损。发现者称她为吕芭。科学家们进行了基因取样，并对她的消化道和器官进行了检查。

数百年来，科学家们一直痴迷于复活灭绝的动物。恐龙不是理想的候选者，因为时间太久远，遗传物质已经从恐龙遗骸中消失了，而猛犸象则提供了克隆所必需的 DNA 物质。

随着 1996 年克隆羊多莉的诞生，克隆技术不再仅仅存在于科幻小说之中，而是成为一个科学事实，用于创造与原生物体完全一致的复制体。从多莉羊诞生之后，克隆技术不断发展。如今，只要你愿意出价，有些公司会克隆出你最喜欢的狗或猫。所以，克隆一头猛犸象有什么不可以的呢？

皮肤细胞是克隆的首选，而吕芭的皮肤细胞恰好完好无损。尽管这头猛犸象的 DNA 有些腐化，但科学家们仍能对其 70% 以上的 DNA 进行解码和排序。虽然这还不足以创造出一

个完整的克隆体，但人们相信，在我的这部小说发表后的 15
年至 20 年内，猛犸象一定能被成功克隆出来。

最近，科学家们正努力培育一种长毛猛犸象和亚洲象的
杂交克隆体。早在 2017 年 2 月，哈佛大学研究团队就预测，
他们将在两年内造出一个杂交胚胎——这将是创造一个活生
生的、能呼吸的、最接近地球上 3500 多年前的长毛猛犸象的
至关重要的第一步。

人们对大象有一种天然的喜爱，也许是因为大象和人类
有很多相似的特征。他们会产生共情，会哀悼失去的家庭成
员，会以家庭为单位生活在一起，他们很顽皮，有长期记忆，
还有自我意识。

像人类一样，大象是复杂的群居动物。他们通过发声和
非语言的形式互相交流。他们的嗅觉是动物世界中最敏锐的，
这是他们进行交流和感知周围环境的一项关键能力。如果你
有大象的嗅觉，你就不需要问一个人到过哪里，曾和谁待在
一起，吃了什么，情绪如何，身体状态如何，等等，你只要
闻一下就知道了。

我认为自己是一个"体验派作家"。我写什么样子的生
活，我就去过那样的生活。当然，我无法和猛犸象一起散步，
但是我很高兴自己和大象生活过一段时间。我曾漫步于在北
美自由觅食的亚洲象象群之间，那次经历令人吃惊，对我影

响巨大，甚至有一些神奇的色彩。

我和一只叫汉娜的小象相处了很长一段时光。她总喜欢用鼻子抚摸我的脸，想把她的鼻子伸到我的嘴里，还想拿走我的眼镜。象群的首领见我们在一起，就过来查看。她径直向我走过来，高高地耸立在我身旁，然后又低下头看着我的眼睛。我能感觉到她想告诉我："别惹我女儿。"对于这种身材庞大的动物，我本该怕得要死——她足有两辆大型轿车那么重，能轻而易举地抓起我扔出去，也可以把我踩成肉酱——但是我从她的眼睛里看到的全是温柔和平静。我知道我没有什么好怕的。

在《大象的秘密》一书中，我试图以一种现实主义手法展示萨慕和她爸爸与他们的"家庭成员"大象之间的互动，并让大家认识到，克隆和复活长毛猛犸象是有科学依据的。终有一天，长毛猛犸象会再次行走在这个星球上——不是今天，也不是明天，就在不远的将来。希望大家像我一样，期待那一天的到来。

* * *

谨以此书献给把科幻小说变成科学事实的人们，因为他们，人类才能在将来的某一天再次在这个星球上看到长毛猛犸象美丽的身影。

本书所获荣誉

白桦树特快奖提名（2019 年）

《温尼伯自由新闻》评选出的送给孩子们的最佳图书礼物之一（2019 年）

父母选择奖金奖（2018 年）

《出版商周刊》年度推荐图书（2018 年）

埃里克·沃尔特斯
所获奖项

★ 加拿大儿童选择奖 ★

红枫奖（2015 年、2008 年、2007 年、2001 年）

落基山奖（2009 年）

马尼托巴省青年读者选择奖（2008 年）

白松奖（2007 年）

小托吉奖（2004 年）

白桦树特快奖（2003年、1999年、1997年）

萨斯喀彻温省青年读者选择奖（2002年）

青鹭奖（1997年）

★ 国际奖项 ★

樱花奖章（2017年）

克里斯托弗奖（2015年）

非洲儿童图书奖最佳童书（2013年）

伊索奖（2012年）

联合国教科文组织国际文学奖（2003年）

★ 个人成就奖 ★

加拿大勋章（加拿大公民最高荣誉，表彰为国家做出杰出贡献者）

（2015年）

约克大学布莱顿校友奖（2011年）

安大略省图书馆协会主席杰出成就奖（表彰为安大略省图书馆

事业做出重大历史贡献者）（2010年）

米西索加艺术奖（2005年）